Schwierigkeiten brechen manche Männer
– und machen andere erst zu Männern

Nelson Mandela (1918-2013)
Südafrikanischer
Freiheitskämpfer und Politiker

Heike Piesker-Limberg

Der Tag
ab dem Männer
die Kinder kriegen

Roman

Bibliografische Information der Deutschen Nationalbibliothek:
Die Deutsche Nationalbibliothek verzeichnet diese Publikation in der Deutschen Nationalbibliografie, detaillierte bibliografische Daten sind im Internet über http://dnb.dnb.de abrufbar.

Impressum:
© 2019 Heike Piesker-Limberg
1. Auflage 08/2019
Umschlag/Illustration: Heike Piesker-Limberg
Lektorat/Korrektorat: Heike Piesker-Limberg
Autoren-Homepage: www.heike-limberg.de

Herstellung und Verlag: BoD – Books on Demand, Norderstedt
ISBN: 978-3-7494-6848-5
Printed in Germany

Zur Autorin

Die Autorin und Musikerin, Heike Piesker-Limberg wurde 1955 in Niedersachsen, als erstes von drei Kindern geboren, und wuchs im Harz auf. Glücklicherweise ist sie auch Mutter von zwei erwachsenen Söhnen. Sie ist jetzt wohnhaft in einem grünen Vorort von Bremen.

Dort bietet sich ihr, bei einem Blick aus dem Arbeitszimmer, eine Landschaft von Wiesen und Feldern, sowie auf einen angrenzenden Wald, die nötige Ruhe und Energie zum Schreiben.

Schon früh in ihrem Leben waren Bücher ihre ständigen Begleiter. Hieraus entstand der Wunsch, einmal selber Bücher schreiben zu wollen. Gesagt, getan.

Nach einer Ausbildung im sozialen Bereich in Berlin, arbeitete sie einige Jahre in den Regionen, München, Stuttgart, Mecklenburg und Hamburg.
Privat singt sie in einem Duo und schreibt Romane.

Seid gespannt auf eine lockere Unterhaltung!

***

1

Es war an einem Frühlingstag und der blaue Himmel breitete sich über unserem Hause aus. Die Zwitschernden vögelten lebhaft vor sich hin. Isolde Buttermann saß im Wohnzimmer, hatte eine Tasse Kaffee vor sich und las die Tageszeitung.

Ihr Mann Thomas stand in der Küche mit dem Geschirrtuch in der Hand, um die von gestern Abend verbliebenen Teller abzutrocknen. Manchmal hörte sie ein leichtes Stöhnen aus der Küche, dachte sich aber nichts dabei.

»Ist alles o.k. bei dir, Liebling?«, rief Isolde lautstark, damit er sie verstehen konnte, denn er war ein bisschen schwerhörig und das Klappern der Teller störte auch. Warum muss das Abtrocknen der Teller so laut sein?

»Ich glaube, es geht los«, stöhnte er aus der Küche und stand ein bisschen zusammengesunken und sich den Bauch haltend in der Küchentür.

»Ich denke, das sind die Wehen«, sagte er weiter und ich glaube, die Fruchtblase ist geplatzt, ich muss immer niesen«

»Ruf bitte den Krankenwagen!«

Jetzt wurde Isolde hellhörig, »die Fruchtblase sei geplatzt? Sie ging ein paar Schritte auf ihn zu und sah das Malheur. Seine Hose war im Schritt durchfeuchtet.

»Du Ferkel«, rief sie ihm entgegen, »Du hast keine Fruchtblase, du hast in die Hose gepinkelt, Schweinerei.

»Dafür kann ich doch nichts«, jammerte er.

»Es ist jetzt grad Rushhour und bis der Krankenwagen hier ist, kann es Ewigkeiten dauern«, erwiderte Isolde. »Sollen wir nicht lieber selbst in die Klinik fahren?«, fragte sie.

»Ja, bitte«, kam die sofortige Antwort, »ich hole eben noch meine Notfalltasche von oben, die ich vor ein paar Tagen schon zusammengepackt habe.« Er schleppte sich die Treppe hinauf.

»Männer«, dachte sie, »diese wehleidigen Geschöpfe.«

»Und beeile Dich ein bisschen«, rief sie ihm noch hinterher, »ich gehe schon zum Auto, und vergiss nicht die Haustür richtig zu schließen.«

»Ja, ja«, hörte sie ihn antworten.

So umständlich wie er sich auf den Beifahrersitz zwängte, sah aus, als wenn eine Kuh aufs Fahrrad steigen will. Schlimm, seine kurze bunte Strandhose rutschte auch ein bisschen, sodass man seine Arschrille etwas sehen konnte, widerlich, richtig sexy war das nicht.

»Warum hast du dir denn nicht noch eine andere Hose angezogen?«, fragte Isolde ihn. Es kam keine Antwort, nur ein verzerrtes »aua au au«.

Wir fuhren zügig los in Richtung Klinik und Thomas mauzte unaufhörlich vor sich hin. Mal leiser und mal lauter. Isolde bekam schon allein nur vom zuhören selbst Bauchschmerzen.

Die Klinik lag etwas außerhalb von Bremerhaven, in einer idyllischen, ländlichen Gegend, gleich neben dem Schlachthof. So roch es dort auch ...

Jetzt wird sich jeder fragen, warum bekommt mein Mann ein Kind. Ganz einfach.

Im letzten Jahr hatte Isolde sich gefragt, »warum sollen immer nur die Frauen die Kinder bekommen, es gab doch auch schon erfolgreiche Bauchhöhlenschwangerschaften.« Sie hatte sich akribisch und sehr ausführlich damit beschäftigt und eine Entdeckung gemacht, wie es gehen könnte. Wenn das alles so klappt, werde ich mir das Ganze patentieren lassen..., dachte sie so vor sich hin.

Vor der Klinik angekommen suchten sie erst einen Parkplatz. Thomas hatte schon einen schielenden, besonderen Ausdruck in den Augen.

»Ich glaube, ich habe mir jetzt noch in die Hose geschissen«, jammerte er, als sie ihn fragte, wie es ihm denn ginge.

»Jetzt bin ich gespannt, wie eine jammernde Kuh wieder vom Fahrrad steigt, beziehungsweise mein Mann aus dem Auto...«, überlegte Isolde lautlos so vor sich hin. Mit Karacho stieß er die Autotür auf und sie hörte das Krachen des Kotflügels eines riesigen schwarzen Geländewagens, neben dem ich eingeparkt hatte.

»Schwachmat«, schrie sie Thomas an - »du hast Wehen und keine Tomaten auf den Augen. Kannst du nicht aufpassen? Thomas fing an zu heulen und erwiderte: »ich kann doch nichts dafür, du bist immer so gemein zu mir. Mit einem Mann darf man das ja machen, er hat ja sowieso nur »Männerkram« im Kopf.«

Isolde klopfte ihm beruhigend auf die Schulter, sprang aus dem Wagen und bat eine Frau, die soeben neben uns eingeparkt hatte, um Hilfestellung. Gemeinsam zogen und zerrten sie Thomas an den Armen, damit er aus unserem Wagen aussteigen konnte, aber es klappte nicht. Thomas war echt eine »Tonne mit Armen« und die Schwerkraft drückte ihn einfach in den Beifahrersitz.

Was nun? Wir mussten wohl irgendwie Hilfe holen...
so ließ Isolde ihn mit der Helferin allein und flitzte zum Empfangsbüro des Krankenhauses, wo sie drei Frauen in Klinikkleidung erkennen konnte.

»Bitte, ich brauche Hilfe. Mein schwangerer Mann sitzt auf dem Beifahrersitz fest und wir bekommen ihn nicht aus dem Auto heraus. Können Sie uns bitte helfen«, appellierte sie.

Sechs Frauenaugen, die anfingen zu rollen und sich in Richtung Himmel bewegten, empfingen mich mit ihrem Mitgefühl.

»Ja, das kennen wir schon, es ist mit den Männern immer dasselbe Theater. Sie sind so wehleidig und können sich so anstellen, wie Jungmänner bei dem ersten Mal Sex. Wir müssen nur erst kurz eine Vertretung für uns organisieren.«

Während Isolde wartete, fiel ihr ein, wie sich Thomas - so im siebten Schwangerschaftsmonat - auf ihr, speziell für seine Rückenbeschwerden neu angeschafftes »Freeflow-Wasserbett«, - hatte fallen lassen. Sie selbst lag bereits auf dem Bett und er ließ sich - statt sich zu setzen - wirklich einfach rückwärts fallen und sie flog im hohen Bogen aus dem Bett und landete unsanft auf dem Fußboden. Unwillkürlich fasste Isolde sich bei diesem Gedanken mit ihrer rechten Hand an die damals betroffene Stelle ihres Rückens.

Sie verkniff sich das Grinsen über diese Erinnerung und wartete nun ungeduldig auf die Rückkehr der drei Helferinnen der Klinik, um ihren Mann Thomas aus seiner Zwangslage befreien zu können.

Aah, sie hörte nun Getrappel und die drei Frauen, mit weiteren drei Frauen im Schlepptau - für ihre Vertretung - erschienen an der Tür des Empfangsbüros und jede von Ihnen hatte ein weißes Bettlaken bei sich. Isolde überlegte: Wozu sollte das wohl gut sein? Wollten sie eine »Notgeburt« direkt am Auto vornehmen?

Alter Schwede, das war doch wohl nicht deren Ernst. Sie musste wohl geguckt haben, wie ein verstörtes Kaninchen, denn eine der Frauen klopfte ihr sofort beruhigend auf die Schulter und sagte: keine Bange, wir benötigen die Tücher nicht für eine Geburt, sondern werden Ihren Mann damit nur aus dem Auto hieven«.

Erleichtert versuchte sie freundlich zu grinsen, hatte sie jedoch dabei das unbestimmte Gefühl, dass das Grinsen etwas »verunglückte«. Umso entschlossener marschierte sie jetzt schnellen Schrittes vor dem »Schwesterngeschwader« her, in Richtung ihres Wagens.

»Isolde, da bist du ja endlich«, japste ihr Thomas zu. »Sie müssen jetzt hecheln, nicht pressen - auf gar keinen

Fall pressen«, forderte die größte und stärkste der Schwestern Thomas unsanft auf.

»Stellen Sie sich nicht so mädchenhaft an und ab jetzt tun Sie nur genau das, was wir Ihnen sagen, nichts anderes.« Thomas rollte mit den Augen, stöhnte kläglich und japste: »mache ich«.

Rechts neben unserem Wagen wollte in diesem Moment ein schöner roter Lamborghini einparken und der Mann hinter dem Steuer bekam beim Anblick von Isoldes Ehemann Kuhaugen und Schnappatmung.

»Was sind Sie denn für ein fettes Schwein, das sich von Frauen aus dem Auto hieven lassen lässt? Sie sollten sich schämen!«, schrie dieser Mensch ihren Thomas an.

»Wir haben hier in Deutschland die Gleichberechtigung und mein Ehemann bekommt gleich sein erstes Kind. Sie sollten sich schämen«, brüllte Isolde zurück.

Die Gesichtsfarbe des Mannes wechselte nun plötzlich von rot auf grün und seine Augen verschleierten sich leicht. Isolde hatte Angst, dass er vor Schreck ohnmächtig werden würde und klopfte ihm beruhigend mit der Hand auf den Ärmel seines linken Unterarms, den eine klotzige diamantbesetzte Rolex zierte.

»Sie haben anscheinend viel Geld, aber mein Ehemann, der hat viel Mut und geht neue Wege. Er bekommt jetzt also sein erstes Kind, um mich zu entlasten und sich einer neuen Erfahrung zu stellen. Das ist sein Weg zur Gleichberechtigung und damit ist er Ihnen sicherlich um Lichtjahre voraus. Also warten Sie bitte einen Moment und lassen Sie uns ihn bitte jetzt zuerst aus dem Auto herausholen. Machen Sie sich also keine Sorgen und warten Sie bitte diesen kurzen Augenblick.«

Der Mann nickte wie in Trance und ließ die Scheibe seines Wagens lautlos hochfahren. Nun konnten sie also anfangen.

Eine der Empfangsdamen beruhigte zunächst ihren Ehemann Thomas, indem sie ihm sanft über den Kopf streichelte und ihn sanft aber bestimmt anwies, dass er sich mittels ruhiger und langsamer Atemzüge beruhigen solle und dass alle ihm dann gemeinsam aus dem Wagen helfen würden, wobei er nur einfach bei dem mitmachen sollte, was das Team dann mit ihm machen würde..

Eine der Schwestern hob zunächst sein linkes Bein wieder in unser Auto. Dann zog sie seinen Oberkörper etwas in Richtung Scheibe, um ihm dann ein längsgefaltetes Bettlaken direkt unter seinen Achseln umzulegen, sodass das Bettlaken zwei gleichlange Seiten hatte. Das zweite gefaltete Laken schlang sie in Höhe der Stelle, an der die Lendenwirbelsäule endet. Das dritte Laken wurde in Höhe seiner Kniekehlen platziert. Jetzt war die »Ladung sicher vertäut« und nun konnte es losgehen. Isolde wurde aufgefordert ihm in ruhigen Worten jeweils zu sagen, was die nächste Handlung sein würde.

Also erklärte sie ihm, dass die kräftigste der drei Schwestern, ihn zunächst so auf dem Autositz drehen würde, dass beide Beine parallel aus dem Fußraum hinaus in Richtung Ausstieg befördert würden. Er sollte seinen rechten Arm um deren linke Schulter legen und ein Griff des linken Arms der Schwester zwischen der Rückenlehne und dem Hinterteil von Isoldes Mann und der gleichzeitige Griff ihrer rechten Hand an seinen Waden brachten ihren Ehemann in die richtige Position. Er saß nun im rechten Winkel zum Auto auf seinem Sitz und beide Füße berührten den Fußboden. Er durfte jetzt zweimal langsam durchatmen und Isolde erklärte ihm, wie sie ihn jetzt - mit Hilfe der Bettlaken - in eine stehende Position bringen wollten. Der Verstand von Thomas hatte jetzt etwas zu tun und verdrängte dadurch seine Panik und er konnte gezielt mithelfen anstatt panisch zu werden.

Währenddessen holte eine der Schwestern einen Krankenrollstuhl in den er nach dem Ausstieg aus dem Auto gesetzt werden sollte, um ihn ins Krankenhaus zu befördern.

»Isolde«, sprach Thomas seine Frau an, »ich habe jetzt doch etwas Angst, was nachher im Krankenhaus mit mir geschehen wird. Meinst du, dass ich das schaffen und überleben werde? Ich möchte doch unser Kind im Arm halten können und es füttern können. Meinst du ich werde das hinbekommen?«

Isoldes Bauch schlug an und ihr wurde kurzfristig etwas mulmig und sie bekam leichtes »Fracksausen«. Ach was, dachte sie, warum sollte das nicht funktionieren, die Schwangerschaft hatten sie ja auch hinbekommen. Falls nicht, dann klappte zur Not ein simpler Kaiserschnitt auf jeden Fall. Da Thomas aber Angst vor chirurgischen Eingriffen hatte, wollte sie ihn darüber nicht informieren, um ihn nicht zu beunruhigen.

»Klar«, sagte Isolde und strich ihm dabei beruhigend über den Kopf.

»Stell dir nur vor, wie stolz deine Eltern auf dich sein werden, wenn das Kind auf der Welt ist und deine Eltern aus Bayern herkommen, um ihr Enkelkind zu betrachten und zu begrüßen.«

Die Augen von Thomas wurden ganz groß und rund, aber bevor er antworten konnte, kam grad die Krankenschwester mit dem Krankenrollstuhl angebraust. Jetzt mussten wir uns erst einmal um seinen »Umstieg« vom Beifahrersitz unseres Wagens in den Rollstuhl kümmern.

Die drei Bettlaken mussten nun Thomas` gesamtes Gewicht aushalten. Jede der drei Schwestern nahm jetzt die zwei Enden jeweils eines Bettlakens in die Hand und wickelte sich dann dies längsgefaltete Bettlaken dreimal ums eigene Handgelenk. Es war etwas eng vor der Beifahrertür und so mussten sie erst einmal ausprobieren, wie sie sich am besten aufstellten, bevor alle - auf Isoldes Kommando hin - gleichzeitig die Laken anziehen würden, um Thomas auf die Beine zu stellen.

Die kräftigste der drei Schwestern war für das Laken um seine Körpermitte zuständig und die eine der beiden anderen für das Laken um die Schultern von Thomas. Die zierlichste Schwester sollte den Krankenrollstuhl dann direkt parallel zum Auto - links vor der geöffneten Beifahrertür - bereithalten - damit die anderen, nach der Linksdrehung von Thomas´ Körper, diesen dann möglichst vorsichtig im Rollstuhl »parken« könnten.

Als alle Schwestern die genauen Instruktionen verstanden hatten und sich postiert hatten, übernahm Isolde das Kommando als »Weisungsgeberin«, auf deren Kommando dann alle sofort zu »gehorchen« hatten.

Der komplizierte Plan funktionierte - dank der perfekten Planung - dann auch fast perfekt. Die einzige Panne passierte, als Thomas im Rollstuhl landete und die Schwester am Stuhl durch den »Riesenplumps« das Gleichgewicht verlor und unsanft auf ihrem Hinterteil landete. Gottseidank kam sie mit einem gehörigen Schrecken aber ohne irgendwelche Verletzungen davon. Alle halfen ihr schnell auf die Beine. Isolde selbst rollte Thomas dann sofort ganz vorsichtig in die Klinik, denn er jammerte bei jeder Bodenunebenheit des Parkplatzes. Ihr ging währenddessen durch den Kopf, dass es wohl richtig war, ihm heute kein Frühstück zu erlauben, denn sonst hätte er dies jetzt sicherlich bereits auf dem Parkplatz platziert.

Ihr Frühstücksverbot hatte allerdings einen ganz anderen Hintergrund, denn sie wusste ja, dass er für einen operativen Kaiserschnitt nüchtern sein musste, denn jede Vollnarkose erfordert stets, dass der Patient nüchtern sein musste.

Zwischenzeitlich waren die drei hilfsbereiten Schwestern bereits wieder in der Klinik verschwunden und Isolde ging davon aus, dass sie sich bereits um die erforderliche Hebamme und die Vorbereitung eines freien Operationssaales kümmerten.

***

2

Sie selbst nutzte die Wartezeit und rief bei der Nachrichtenredaktion des örtlichen Tageblattes an, um einen Reporter anzufordern.

Das allerdings, war nicht so einfach, wie sie sich das gedacht hatte.

Der Mann am Telefon wollte genau wissen, um was es denn ginge. Als sie ihm sagte, worum es ging, fragte er sie, ob sie denn einen über den Durst getrunken hätte oder ob sie aus einer Nervenheilanstalt geflohen wäre.

Verärgert und leicht gereizt verbat Isolde sich energisch solche Unterstellungen und fragte ihn provokativ, ob er denn möchte, dass sie beim »Glasverlag« anriefe, damit dieser Verlag mit Live-Fotos aus der Klinik, in welcher ihr Mann soeben in den Operationssaal geschoben würde, als einziger die Exklusivrechte zur Berichterstattung erhielte.

»Sie können gern selbst in der hiesigen Klinik anrufen und dort nachfragen. Ich gebe Ihnen genau fünf Minuten dafür, denn ich muss schnellstens zu meinem Mann, um ihn moralisch zu unterstützen«, beendete sie resolut Ihren Satz. »Moment«, erwiderte dieser, »ich muss mir nur das OK unseres Chefredakteurs geben lassen. Warten Sie bitte eine Minute.«

Jetzt hörte Isolde erst einmal gar nichts mehr, aber dann meldete er sich, deutlich beflissener und höflicher, zurück und verkündete triumphierend:

»Ich bin bereits auf dem Weg und in gut zehn Minuten in der Klinik.«

»Na also, geht doch«, sprach Isolde zu sich selbst, was sie öfter mal tat. Vorsichtshalber avisierte sie ihn der Rezeption des Krankenhauses und bat darum, dass er direkt zu Ihnen durchgelassen werde.

Eigentlich hätte sie ja lieber eine Reporterin haben wollen, aber das örtliche Tageblatt verfügte leider nur über männliche Reporter.

»Schade«, dachte sie laut, Frauen sind doch fast immer viel flexibler und schneller von Kapee.

Aber egal, die Presse war jetzt im Anmarsch, wie hieß denn eigentlich dieser Reporter? Mist, sie hatte vergessen zu fragen. Trotzdem egal, sie musste jetzt schnellstens zu ihrem Mann. Der Reporter würde sicherlich am Empfang der Klinik erzählen, dass sie ihn angefordert hatte. Die Mädels dort waren ja fix von Kapee... die würden das schon managen.

Wo genau sollte sie aber jetzt ihren Mann finden? Jede Station des Krankenhauses hatte eine unterschiedliche Farbgebung, damit sich Patienten und Besucher besser zurecht fanden. Das war gut, aber zu welcher Farbe musste sie jetzt? Um sich herum sah sie senfgelbe Querstreifen an den Wänden und sie bemerkte auch, dass Bilder in korrespondierenden Farben an den Wänden hingen. Sehr liebevoll gedacht und gemacht, aber ohne Farbanleitung nicht besonders hilfreich.

»Blödmann«, sagte sie laut zu sich selbst. Man kann doch die Rezeption anrufen und fragen. Wer nicht fragt, bleibt dumm, dachte sie und grinste vor sich hin. Sie liebte dieses »Sesamstraßen-Motto.«

Wo zur Hölle war jetzt dieses blöde Handy in ihrer heiß geliebten bordeauxroten Riesenhandtasche schon wieder hin gerutscht? Schiet, immer dasselbe Spiel ...

Sie warf die Tasche wütend auf den Boden und fuhr mit beiden Händen hinein und tastete nach ihrem geliebten alten »Nokia Knochen« von dem sie sich nicht trennen mochte. Er war für sie viel komfortabler als das Smartphone, dass sie nur für Bilder und Fotos nutzte.

Aha, da war es und die Empfangstelefonnummer der Klinik hatte sie ja auch vorsichtshalber bereits abgespeichert, denn sie kannte ja ihre eigene Schusseligkeit, wenn sie es eilig hatte beziehungsweise wenn sieaufgeregt war.

Isolde drückte schnell auf den entsprechenden Eintrag und hatte auch sofort die Empfangsdame am Apparat.

»Wo genau finde ich meinen Ehemann, der jetzt unser Kind entbindet? Ich will doch dabei sein, damit ich ihn unterstützen kann!«

»Ach Sie sind das«, antwortete die Stimme, »Ihr Mann ist jetzt in der Chirurgie, das ist der grüne Bereich unseres Hauses, aber Sie können jetzt nicht zu ihm! Es handelt sich doch um einen absolut sterilen Bereich in den Sie nur nach einer kompletten Sterildusche hinein dürften, um Ihren Mann nicht mit irgendwelchen Bazillen oder was auch immer jeder an seiner Kleidung mitbringt, zu infizieren. Ferner besteht die Gefahr, dass Sie dort selbst auch noch ohnmächtig werden könnten, denn solch eine Operation ist halt immer eine blutige Angelegenheit. Tun Sie sich selbst einen Gefallen und gehen Sie in unsere Cafeteria, setzen Sie sich dort auf die Terrasse und trinken einen schönen Kaffee oder Tee und essen vielleicht auch eine Kleinigkeit. Dann vergeht die Zeit schneller. Wir werden die Stationsschwester verständigen und diese wird Sie dann anrufen, sobald Sie zu Ihrem Mann können. Sie wird Ihnen dann auch genau sagen können, in welchem Farb-Bereich und auf welcher Zimmernummer Ihr Mann zu finden ist. Also behalten Sie jetzt schön die Nerven und entspannen Sie sich! Die Cafeteria finden Sie übrigens hier bei uns im Erdgeschoß«, beendete sie mit beruhigender Stimme das Telefonat.

»Blödfrau«, sagte ich lautlos in Gedanken zu mir. Das weiß ich doch eigentlich alles selbst, schließlich habe ich selbst ja bereits zwei Kinder per Kaiserschnitt geboren. Mein äußerlich sehr gebärfreudig aussehendes Becken ist leider im inneren Bereich zu schmal, sodass kein Kind da auf natürliche Weise herauskommen kann.

Mehr als zwei Kaiserschnitte sind nicht ratsam und so ließ ich mich nach unserem zweiten Sohn sterilisieren.

Bei einer Sterilisation werden die Eileiter gekappt, aber die Produktion von Eizellen findet dabei trotzdem noch statt.

Zwischenzeitlich hatte ich mir einen sonnenbeschienenen Tisch auf der Terrasse der Cafeteria ausgesucht und mich so hingesetzt, dass die Sonne mir ins Gesicht schien. Links neben mir erschien leise eine rothaarige Serviererin mit ganz vielen Sommersprossen im Gesicht.

»Was kann ich Ihnen bringen«, fragte sie und fügte hinzu: »Seien Sie ein bisschen vorsichtig hier in der Sonne, sie hat schon ordentlich Kraft und es geht recht schnell mit einem Sonnenbrand. Soll ich Ihnen einen Sonnenschirm holen?«

Isolde lachte und antwortete »nein danke, ich bin zwar blond, aber ich werde ganz schnell braun. Einen Sonnenbrand werde ich nicht bekommen, meine Haare werden in der Sonne nur einfach heller, was gut ist, weil ich dieses winteraschblond nicht wirklich mag.«

Die Servtererin lachte und erwiderte »ja, das verstehe ich. Bei mir ist es nur so, dass in der Sonne meine Sommersprossen anfangen sich sozusagen in Lichtgeschwindigkeit zu vermehren«, und bei dieser Erklärung rollte sie ihre Augen in Richtung Himmel.

»Aber was möchten Sie denn jetzt gern haben?«

»Einen schönen Cappuccino und zwei Kugeln dunkles Schokoladeneis mit Sahne«, antwortete ich.

»Das brauche ich jetzt zur Nervenstärkung.«

Die Bedienung lachte und verschwand in Richtung Terrassentür, um ihre Bestellung auszuführen.

Während Isolde wartend, ihr Gesicht genüsslich in die Sonne hielt, tauchte plötzlich ein hagerer und ziemlich großer Mann links neben ihr auf. Sie erschrak und sah ihn leicht irritiert an. »Entschuldigen Sie bitte«, eröffnete er das Gespräch: »Darf ich mich zu Ihnen setzen? Ich würde gern meinen Kaffee in Gesellschaft trinken, da meine Frau grad operiert wird und ich etwas Ablenkung gut gebrauchen könnte, um nicht vor Sorgen verrückt zu werden«.

Isolde lachte und erwiderte, »dann geht es Ihnen wohl genauso wie mir, mein Ehemann liegt ebenfalls grad im OP. Das passt ja gut, setzen Sie sich gern zu mir« und zeigte dabei auf den Stuhl links neben sich.

Während er sich setzte, betrachtete Isolde ihn möglichst unauffällig aus den Augenwinkeln, denn er war ein attraktiver Mann mit grünen Augen, die sogar smaragdgrün funkelten...

Nebenbei blickte sie leicht nervös auf ihr Handy, welches sie noch nicht hatte klingeln hören, und checkte, ob wirklich noch genug Strom vorhanden war. Nicht dass sie etwa sonst den Anruf nicht erhalten könnte, aber es war alles ok.

Um sich abzulenken, fragte Isolde ihren Tischnachbarn, weshalb denn seine Frau operiert werden würde.

»Sie hat dicke Krampfadern in den Beinen und muß deswegen immer die Beine fest wickeln", antwortete er.

»Das wollen die Ärzte jetzt abstellen, indem sie die Krampfadern ziehen werden.«

Isolde wurde hellhörig und fragte nach:

»Ist Ihre Frau auch kurzatmig?«

»Ja«, erwiderte er, »wieso fragen Sie«?

»Ganz einfach«, erwiderte sie. »Ich hatte eine Kollegin, die dieselbe Diagnose hatte und der dann die Krampfadern gezogen wurden. Zwei Monate später waren neue Krampfadern wieder da. Sie hatte dann den Arzt gewechselt, weil ein Bekannter ihr das riet. Er riet ihr zu einem Herzspezialisten zu gehen und sich untersuchen zu lassen. Das tat sie dann auch und dieser Spezialist diagnostizierte eine Herzschwäche. Diese Herzinsuffizienz wurde dann behandelt und seitdem hat sie keine

Krampfadern und auch keine dicken Wasserbeine mehr und flitzt wie eine 50 jährige durch die Gegend, obwohl sie bereits 70 Jahre alt ist.«

Die grünen Augen sahen Isolde hellwach und erschreckt an und dieser Tischnachbar sprang so schnell auf, dass er beinahe den Tisch umgekippt hätte.

»Ich muss sofort los«, sagte er, während er sich bereits umdrehte.

»Das ist bei meiner Frau genauso, ich muss sofort die Operation verhindern. Ich danke Ihnen sehr und bitte geben Sie mir Ihre Visitenkarte, damit ich mich später zumindest mit einem Blumenstrauß bei Ihnen bedanken kann.”

»Mein Name ist Isolde Buttermann und Sie finden mich im örtlichen Telefonbuch”, erwiderte Isolde rasch und ergänzte: »Laufen Sie los.«

Na, das war jetzt genug Ablenkung für Isolde und sie musste sich kurz konzentrieren, damit ihr wieder einfiel, was sie eigentlich hatte tun wollen. Ach ja, sie sollte auf den Anruf der Stationsschwester warten. Warten war für sie immer schrecklich, weil die Zeit dann gefühlt doppelt langsam lief. So nahm sie ihr Smartphone in die Hand, um sich mit einem Spiel abzulenken.

In diesem Moment kam die Servererin mit ihrem Eis um die Ecke und so widmete sie sich also zuerst ihrem Eis und legte ihr Smartphone auf dem Tisch ab. Der Schokoladeneisbecher mit Sahne und einer Spur Kirschsoße obenauf, welche die Zusammenstellung noch abrundete, machten den Eisbecher zu einem Gedicht, dass sie vorübergehend ihre Sorgen fast vergessen ließ. Während sie der Sache noch etwas nachschmeckte, klingelte plötzlich ihr Nokia und die Stationsschwester meldete sich. »Ihr Mann ist aus dem OP heraus und jetzt zunächst in der Intensivstation. Er muss erst einmal unter ärztlicher Apparateüberwachung aus der Narkose erwachen und dann können Sie zu ihm. Aber ich kann Ihnen bereits sagen, dass das einige Stunden dauern kann.«

»Was ist mit dem Baby«, schrie Isolde vor lauter Aufregung ins Telefon.

Die Stationsschwester versuchte sie zu beruhigen und erwiderte, »beide leben und das Baby sind zwei Mädchen, die untergewichtig sind und deshalb vorsichtshalber sofort in die Kinderabteilung für Frühchen gebracht wurden. Dort werden sie jetzt genau durchgecheckt und wir überwachen ihre Vitalfunktionen rund um die Uhr mit medizinischen Apparaten und anwesenden Kinderärzten.«

Isolde versuchte tief durchzuatmen, nicht vom Stuhl zu fallen und nicht wieder zu brüllen. Die Krankenschwester wartete geduldig bis sie sich wieder unter Kontrolle hatte... Dann setzte Isolde neu an:

»Zwei Mädchen? Aber auf dem Ultraschall hatte der Arzt doch nur ein Kind gesehen, wie kann das denn sein?«

Die Stationsschwester erwiderte, dass es nicht ungewöhnlich sei, dass man auf Ultraschallbildern nur ein Kind sähe, dann läge ein Kind vor dem anderen und verdecke das andere. Isolde rang nach Luft und versuchte Ruhe zu bewahren.

Dann bat sie die Schwester darum, dass sie beide Kinder vorsichtshalber sofort taufen lassen dürfte, damit

Gott sie schützen könnte. Sie wusste aus Fernsehsendungen genau, dass das möglich und auch üblich war.

»Die Kinder sollen Christina und Eva heißen«, stotterte sie fast ins Telefon.

Am anderen Ende des Telefons war es einen Moment ganz still und sie fragte nach:

»Sind Sie noch dran, Schwester?«

»Ja, ja natürlich bin ich noch dran«, erwiderte diese und klang dabei etwas irritiert.

»Warum zögern Sie?«, fragte Isolde sofort nach »und sagen Sie mir doch bitte auch, wie Ihr voller Name lautet, damit ich Sie direkt anrufen, beziehungsweise gezielt nach Ihnen fragen kann.”

Isolde konnte förmlich fühlen, dass sie etwas vorsichtig und unsicher war, ob das eine wohl gute Idee wäre oder ob sie sich damit »die Seuche an den Hals holen« würde.

So verzögerte sich die Antwort der Krankenschwester etwas und sie antwortete:

»Ich darf das - glaube ich jedenfalls - nicht selbst entscheiden und muss zuerst bei der Klinikleitung konkret nachfragen. Ich werde Sie aber dann sofort wieder anrufen.« »Ok”, erwiderte Isolde, »ich erwarte also Ihren Anruf und bleibe derweil noch hier in der Cafeteria.”

Sie legte das Telefon wieder auf den Tisch, atmete erst mal tief durch und versuchte sich zu beruhigen.

Also erst mal eine Zigarette anstecken, locker hinsetzen und die Beine lang ausstrecken sowie den Rücken lockern. Während dieser Übung fing sie an zu gähnen, was ein gutes Zeichen für ein Nachlassen der Anspannung war. Sie gähnte gut zehn Minuten wie ein Walross vor sich hin und dabei lief natürlich auch ihre Nase und ihre Augen tränten. Sechs oder sieben Papiertaschentücher lagen danach auf dem Tisch vor ihr. Ein ansehnlicher und leicht peinlicher Berg, den sie erst einmal in einen dort stehenden Mülleimer verfrachtete.

Jetzt hieß es für sie wohl erst einmal durchzuhalten, zu warten und die Nerven zu behalten, wohl leichter gesagt als getan.

Warten war nun überhaupt nicht ihre Stärke, um nicht zu sagen, sie hasste warten wie »die Seuche«, hatte sie das Wort Seuche nicht grad vorher bereits benutzt, fragte Isolde sich innerlich selbst, und schüttelte sozusagen gedanklich ihren Kopf über einen anscheinend neuen dummen Spruch, der auf keinen Fall zur Gewohnheit werden durfte. Sonst würde sie bald zu einem der geistig minderbemittelten »Blödschnacker« mutieren.

Sie riss sich innerlich zusammen und überlegte, welchen Pastor sie jetzt anrufen sollte, um die Zwillinge taufen zu lassen. Was war jetzt richtig, die Konfession ihres Mannes oder die ihrige?

Echt eine schwierige Frage. Sie bewunderte zwar den derzeitigen Papst als Person, aber die Handlungen des Personals dieser Kirche, sind ja jetzt hinlänglich bekannt. Also musste sie einen evangelischen Pastor anrufen. Da sie keinen Pastor persönlich kannte, googelte ich über ihr Smartphone nach dem örtlich zuständigen Kirchenamt, um dort nach dem für ihren Wohnort zuständigen Pastor zu fragen.

Das ging dann wirklich fix und sie konnte sich gleich zwischen zwei Pastoren entscheiden. Ihre Wahl fiel auf die weibliche Pastorin, da die Babys ja auch weiblich sind. Isolde griff den »Knochen«, speicherte vorsichtshalber beide Namen mit Telefonnummer und Anschrift des Kirchenamtes und deren Öffnungs- beziehungsweise. Sprechzeiten ab und drückte auf »Anrufen«. Sie hörte bereits die Stimme der Pastorin, als zeitgleich der Rückruf der Klinik kam.

»Einen kleinen Moment bitte, Frau Pastorin, die Entbindungsstation der Klinik ruft mich grad an, bitte bleiben Sie in der Leitung, Sie können dadurch gleich mithören. Ich muss diesen Anruf dringend annehmen.«

»Ja, bitte«, flötete sie nun höflich ins Telefon.

»Es ist ok, wenn der Pastor kommt, um die Zwillinge zu taufen«, verkündete die Stationsschwester sehr freundlich durchs Telefon.

»Prima«, antwortete Isolde. »Die Pastorin ist grad mit in der Leitung und hört mit. Wohin sollen wir genau kommen - also in welchen Bereich?«

»Bitte gehen Sie zum Empfang und lassen Sie sich, von der dort dann wartenden Krankenschwester, zu uns führen« schlug die Schwester vor.

Isolde atmete erleichtert auf, und ihr fiel ein, dass sie der Pastorin ja noch gar nicht mitgeteilt hatte, was sie von ihr wollte. Oh je, sie glaubte jetzt doch etwas überfordert zu sein. Sie riss sich zusammen und sagte freundlich:

»Frau Pastorin, könnten Sie bitte gleich zu mir in die Entbindungsklinik kommen, um unsere Zwillinge zu taufen? Sie sind Frühchen und ich möchte sie auf jeden Fall taufen lassen, denn es ist nicht sicher, wie sie sich entwickeln werden. Deswegen möchte ich auf jeden Fall Gottes Segen für die beiden haben.«

Isolde hörte die Pastorin schlucken und ihr fiel auf, dass sie diese wahrscheinlich etwas »überfahren« haben musste, mit dieser von ihr initiierten »Nacht-und-Nebelaktion«.

Am anderen Ende des Telefons war denn jetzt auch erst einmal nur Funkstille zu vernehmen.

»Sind Sie noch da, Frau Pastorin?«, fragte Isolde vorsichtig.

»Ja", antwortete diese hörbar betroffen aber sie hörte sich dabei auch irgendwie gestresst an. So wartete Isolde, trotz ihrer Ungeduld lieber noch wortlos einen Moment, bis diese von selbst anfing zu sprechen.

»Ich habe jetzt nur ein akutes Problem, denn in fünfzehn Minuten hätte ich einen Termin zur Besprechung einer Hochzeitszeremonie, die morgen hier in der Kirche stattfinden soll. Ich werde schnell mal versuchen diesen Termin um zwei Stunden zu verlegen, denn es handelt sich bei Ihnen ja um einen wirklich vordringlichen Fall. Ich rufe in spätestens fünf Minuten zurück und sage Ihnen dann, ob es klappt. Da der Weg in die Klinik zu Ihnen ja nicht sehr weit ist und zu dieser Tageszeit normalerweise keine Staugefahr besteht, könnte ich in circa fünfzehn Minuten im Krankenhaus sein.«

»Es wäre gut, wenn Sie auf mich am Empfang des Krankenhauses warten würden, dann brauche ich dort nicht aufwendig nachzufragen und muss auch keine langen Erklärungen abgeben«, beendete sie ihren Satz.

»Prima, Sie sind Klasse«, entfuhr es Isolde spontan, »dann bis gleich.«

Oh Mann, jetzt hatte sie sich sicherlich angehört, wie ein halbstarker Teenager, wie peinlich. Während sie sich noch so vor mich hin genierte, klingelte bereits wieder der »Knochen« und die Pastorin keuchte aus dem Lautsprecher: »Ich steige grad ins Auto und bin jetzt auf dem Weg zu Ihnen.«

»Dankeschön«, erwiderte Isolde erleichtert.

Isolde versuchte tief durchzuatmen und ihren Puls herunterzufahren. Gleichzeitig tastete sie bereits mit beiden Händen in ihren beiden Jackentaschen nach der Drehmaschine, dem Tabak und dem Feuerzeug. Für eine Zigarette war jetzt noch Zeit und die Dreherei würde ihr die Zeit verkürzen und sie würde sich etwas ablenken und beruhigen. Schließlich befand sie sich ja das erste Mal im Leben in der Situation eines Vaters bei der Geburt seines Kindes durch seine Frau.

Plötzlich klingelte der »Knochen« ohne eine Nummer im Display, also niemand, den sie kannte. Wer wollte ihr denn jetzt auf die Nerven gehen, überlegte sie kurz, entschloss sich aber doch den Anruf entgegen zunehmen, denn es könnte ja eventuell wichtig sein.

So meldete Isolde sich in einem sehr sachlichen und bestimmten Tonfall nur mit ihrem Nachnamen.

Eine weibliche Stimme meldete sich mit den Worten:

»Hallo, ist da Isolde, die Freundin von Frau Birkner?«

»Ja«, antwortete sie. »Wer sind Sie denn und warum rufen Sie mich an?«

Die Stimme war weich und freundlich, doch Isolde war irgendwie irritiert und beunruhigt über diese Ansprache.

»Ich bin die Nachbarin von Susanne und mein Name ist Adelina. Ich wollte Ihnen nur mitteilen, dass Susanne gestern in der Nacht verstorben ist. Da ich weiß, dass Sie ihre engste Freundin waren und dass Susanne keinerlei Verwandte oder ähnliches mehr hatte, wollte ich wenigstens doch Sie, als ihre Freundin, benachrichtigen.«

Isolde fühlte sich, als hätte ihr jemand eine Bratpfanne vor den Kopf geschlagen und entgegnete:

»Ich habe doch aber gestern Abend noch mit ihr gesprochen und da war sie zwar müde und fühlte sich etwas unwohl, sodass sie keines unserer üblichen - meist stundenlangen Gespräche - mit mir führen, sondern sich lieber hinlegen und ausschlafen wollte.«

»Kann ich denn irgendetwas tun«, fragte Isolde.

»Nein. das ist nicht nötig, die Polizei kümmert sich bereits um alles, da Susanne keinerlei Verwandte mehr hatte, ist ja der Staat für die Beerdigung und die weiteren Abwicklungen zuständig«, erwiderte Adelina mit etwas erschöpfter und wehmütiger Stimme.

»Es ist wirklich nichts weiter zu tun, beziehungsweise zu veranlassen.«

»Ich danke Ihnen für Ihren Anruf und dass Sie mich verständigt haben«, antwortete Isolde freundlich.

»Falls doch noch etwas fraglich sein sollte, so können Sie mich ab morgen gern nochmals kontaktieren, gerne auch per SMS, denn ich stehe jetzt grad vorm Krankenhaus, in dem mein Ehemann soeben unsere Zwillinge entbunden hat«, beendete Isolde bedauernd, aber auch ungeduldig dieses Telefonat.

Sie hatte wirklich grad andere Probleme, denn sie wartete ja auf den Anruf des Reporters Fritsch von der Lokalzeitung, was ihr in diesem Moment doch deutlich wichtiger war. Amelias Betroffenheit und deren Trauer über Susannes plötzlichen Tod, mussten leider jetzt erst einmal warten.

Plötzlich klingelte der »Knochen« schon wieder.

»Guten Tag, spreche ich jetzt mit Frau Isolde Buttermann persönlich?«, fragte eine recht junge Stimme.

»Mein Name ist Jochen Fritsch von der hiesigen Tageszeitung.«

»Ja natürlich«, antworte Isolde etwas irritiert. »Sie haben doch meine Telefonnummer angerufen, da ist es doch normal, dass ich dran bin.«

Isolde riss sich innerlich zusammen und rief sich selbst zur Ordnung, denn sie wollte ja eigentlich etwas von ihm.

»Entschuldigung, Herr Fritsch, ich bin im Moment etwas angespannt, irritiert und unruhig, weil ich zur Zeit noch auf die Ankunft der Pastorin, die unsere neugeborenen Zwillinge taufen soll, warte. Die Zwillinge sind klein und untergewichtig und liegen jetzt im Brutkasten. Ich möchte sie auf jeden Fall sofort taufen lassen, denn sie können jetzt wirklich jeden Beistand brauchen, der möglich ist.«

»Was für Sie als örtlicher Zeitungsreporter jedoch sicherlich, die ultimative Story, darstellt, ist die Tatsache, dass mein Ehemann die Kinder ausgetragen und geboren hat.«

Isolde hörte ein tiefes Durchatmen von dem Reporter, gefolgt von einer Funkstille, in der man sogar eine fallende Feder hätte hören können...

Sie stellte sich vor, wie sein Gehirn jetzt krampfhaft versuchte, die soeben erhaltenen Informationen zu einem irgendwie logischen Gesamtbild zusammenzuführen und wahrscheinlich standen ihm grad alle Haare zu Berge, um sein Gehirn zu kühlen. Sie konnte sich ein etwas schadenfrohes Grinsen nicht ganz verkneifen und dachte, dass er als Mann eben einfach zu kleine Hände hatte. Wie gut, dass er ihr Gesicht jetzt nicht sehen konnte.

»Falls sie mir nicht glauben, Herr Fritsch, so können Sie gern im hiesigen Krankenhaus am Empfang anrufen und nachfragen. Die Empfangsschwestern haben mir nämlich vorhin beim Ausstieg meines Mannes aus unserem Wagen helfen müssen, da er es wegen seiner Leibesfülle allein nicht schaffte, aus dem Beifahrersitz herauszusteigen.«

»Ok, ok«, stammelte er beflissen durch den Hörer, »ich muss nur noch meine Kameraausrüstung holen und dann mache ich mich zu Ihnen auf den Weg. Sobald ich an der Klinik bin, rufe ich Sie an, damit Sie mich dann bitte am Empfang abholen können. Allein werden die mich ganz sicherlich nicht in die Klinik lassen.«

Isolde fiel plötzlich ein, dass es vielleicht besser wäre eine eigene Zeugin bei diesem Gespräch mit dem Reporter dabeizuhaben. Man konnte ja nie wissen, ob so ein Zeitungsmensch dann wirklich auch das berichten würde, was man ihm an Informationen gab, oder ob er die Story verändern oder verfälschen würde. Das kannte man ja aus einigen bekannten Boulevardblättern.

Sie klingelte also Susanne, ihre engste Freundin an, aber nach zwölfmal klingeln war sie immer noch nicht am Telefon. Vielleicht hatte sie das Telefon ja wieder abgestellt, um ungestört arbeiten zu können, das machte sie öfter. Also rief Isolde, Adelina an, die direkte Nachbarin von Susanne, und bat sie doch bitte mal direkt an der Tür von Susanne zu klopfen. Adelina ging also mit dem Handy in der Hand an die Wohnungstür von Susanne und klopfte mehrmals laut und vernehmlich.

»Susanne, ich bin es, Adelina. Mach bitte auf, ich habe hier deine Freundin Isolde am Telefon und sie muss dich dringendst sprechen, weil sie unbedingt deine Hilfe braucht.«

Sie hörte, wie sich ein Schlüssel im Schloss drehte und dann das Öffnen einer leicht knarrenden Haustür.

»Ich gebe dich jetzt weiter«, sagte Adelina zu Isolde, »mach's gut.«

»Danke«, erwiderte diese und sagte:

»Hallo Susanne, ich brauche jetzt ganz dringend deine Hilfe. Ich möchte, dass du als Zeugin und zur Hilfestellung bei meinem Gespräch mit dem Reporter der örtlichen Tageszeitung dabei bist.«

»Mal wieder einer deiner Spontanüberfälle auf mich?«, erwiderte sie leicht tadelnd.

»Nein, ein echter Notfall«, erwiderte Isolde leicht atemlos.

»Ich ordere dir gleich ein Taxi und gebe dem Taxifahrer deine Anschrift sowie die genaue Anschrift der Klinik, wo wir uns dann am Empfang treffen. Die Geburt ist bereits erfolgreich über die Bühne gegangen und es sind Zwillinge, stell dir vor.«

»Whow«, gluckste sie, »wenn du was machst, dann aber auch gleich mit Volldampf! Also, ich ziehe mich kurz um und warte auf das Taxi. Wir sehen uns dann gleich, ich bin gespannt.«

»Danke und bis gleich«, erwiderte Isolde erleichtert und beendete das Gespräch, um jetzt telefonisch das Taxi ordern zu können.

Der Taxifahrer, den sie telefonisch direkt am Taxistand erwischen konnte, war erfreulicherweise mit einer sehr guten Auffassungsgabe gesegnet und schrieb sich sofort die Anschriften von Susanne und von der Klinik auf.

Der Taxifahrer ist bestimmt verheiratet, dachte Isolde so vor sich hin, denn hinter jedem praktischen Mann steht meist eine noch praktischere Ehefrau, wie ein altes Zitat, aus unbekannter Quelle, besagt.
Wie seltsam, dachte sie. Wieso das Zitat wohl aus einer unbekannten Quelle stammt? Vielleicht war es ja ein Mann, der dieses geäußert hatte und der sich nicht selbst bloßstellen wollte.

Isolde schmunzelte leicht vor sich hin und beschloss erst einmal eine zu rauchen.

Während sie noch an der Zigarette drehte, suchte sie eine Stelle, wo sie sich jetzt hinsetzen konnte. Wieso hatten Kliniken eigentlich nie Sitzbänke vor den Eingängen? Das wäre doch viel praktischer, auch für Patienten, die mal frische Luft schnappen wollten. Ihre Frage beantwortete sich gleich von selbst, als sie in den

Bereich des Eingangs kam. Dort lagen bereits jede Menge Kippen auf den hellen Waschbetonplatten. Die Klinik hätte wahrscheinlich dann noch viel mehr Kippen dort herumliegen, als jetzt bereits, wenn dort Sitzbänke stehen würden.

So setzte Isolde sich zum Rauchen einfach auf die kleine Mauer, die die Stufen zum Haupteingang in Richtung Garten abgrenzte.

Hier hatte sie dann auch eine gute Sicht, auf die ankommenden Menschen und würde weder Susanne noch den Reporter Fritsch verpassen.

Kaum saß sie, da setzte sich auch schon eine männliche Silberlocke neben sie und versuchte ein Gespräch mit ihr zu beginnen.

Sie musterte ihn möglichst unauffällig und sah gepflegte Hände, einen weißgoldenen Ehering an der rechten Hand und eine schmale schwarze Lederkrawatte auf einem weißen Oberhemd, das gut zu dem ledernen schwarzen Jackett und der, ebenfalls schmal geschnittenen, schwarzen Glattlederhose passte.

Automatisch schaute Isolde gleich auch noch auf seine Schuhe, die sich als Sportslipper aus einem mattschwarzen, leicht genoppten Leder herausstellten. Die Schuhgröße dürfte so ungefähr dreiundvierzig bis vierundvierzig betragen haben.

Ihr Gehirn versuchte automatisch sofort eine Zuordnung des Mannes beziehungsweise des Herrn zu finden. War er ein mit Ehering getarnter Gigolo, war er ein Ehemann, der darauf wartete seine schwangere Tochter besuchen zu können oder lag eventuell seine Ehefrau mit einer Krankheit hier im Krankenhaus? Schwierig. Sie musste wohl einfach mal fragen...

»Warten Sie hier auch auf jemanden, so wie ich?« entfuhr es ihr.

»Ja«, erwiderte er. »Ich warte auf das nächste freie Taxi«, kam prompt die Antwort.

»Zurzeit gibt es aus unerfindlichen Gründen keine freien Taxen«, bemerkte er mit einem leichten Hochziehen der linken Augenbraue.

»Ach«, quietschte sie vergnügt, »dann haben Sie ja jetzt richtig Glück.«

Er sah sie erstaunt beziehungsweise verwundert an und fragte: »Wieso habe ich denn jetzt Glück?«

»Ich habe sofort ein Taxi für Sie«, antwortete Isolde.

»In maximal fünf Minuten sollte hier ein Taxi auftauchen, das meine Freundin hier absetzen wird. Das können Sie dann sofort nehmen.«

»Das wäre ja perfekt, gnädige Frau«, antwortete er sehr erfreut. Isolde war etwas verdutzt über diese Form seiner Antwort. »Sind Sie vielleicht aus Österreich?«

»Nein«, antwortete er lächelnd, »warum fragen Sie mich das?«

»Nun«, antwortete sie lächelnd, »hier in Deutschland wird diese Form der Anrede kaum mehr benutzt, obwohl das eigentlich eine sehr höfliche und achtungserweisende Anrede ist.«

Er lächelte leicht zurück und bemerkte mit einem ganz federleichten Hauch von Ironie, »ich wurde dazu erzogen jedes weibliche Wesen mit Hochachtung zu begegnen und das ist es, was Ihnen auffällt.«

Upps, Isolde fühlte sich etwas beschämt, doch genau in diesem Moment fuhr das Taxi, mit Susanne an Bord, vor und Isolde quietschte vergnügt: »Schauen Sie, da ist schon das Taxi, das Sie benötigen.«

Sie sprang auf, um zum Taxi zu laufen, begrüßte die aussteigende Susanne und teilte dem Taxifahrer mit, dass er sofort noch einen Fahrgast habe. Der grinste und sagte: »macht genau siebzehneurofünfzig, junge Frau.« Sie drückte ihm einen zwanzig Euroschein in die Hand und sagte, »stimmt so, der Rest ist für die Kaffeekasse.«

Die interessante »Silberlocke« stieg dann auch sofort in das Taxi, und zwar interessanter Weise hinten und nicht vorn, warum wohl? Sie selbst stieg immer vorn ein damit sie kontrollieren konnte, ob der Fahrer die richtige Strecke nahm und um sich unterhalten zu können, sofern ihr danach war. Die Taxifahrer freuten sich immer darüber, denn nach Aussage eines Taxifahrers, sei es wohl so, dass die meisten Fahrgäste nicht mit Taxifahrern reden, weil es anscheinend unter ihrer Würde sei mit einem schlichten Taxifahrer zu reden. So haben diese Jungs den ganzen Arbeitstag über nicht viel Kommunikation.

Nun ja, vielleicht war sich ja die Silberlocke ebenfalls zu schade, um mit einem schnöden Taxifahrer zu reden. Aber das war jetzt ja eigentlich völlig egal, was auch immer er tun würde oder auch nicht, dachte sie. Jetzt war erst einmal der Reporter wichtig.

***

3

Isolde schob ihre große Handtasche über die rechte Schulter und hakte sich mit links bei Susanne ein.

»Komm, wir gehen jetzt schnurstracks zum Empfang des Krankenhauses, um dort Jochen Fritsch, den Reporter, zu treffen.«

Vor lauter Eile stolperte sie über eine leicht hochstehende Kante einer der dort verlegten Kiesbetonplatten und Susanne konnte sie grad noch auffangen, bevor sie mit voller Wucht auf die Klappe fiel. »Scheibenkleister«, schrie sie wütend. Wäre sie jetzt allein gewesen, so hätte sie sich jetzt ordentlich die Knochen lädiert.

»Stell dir vor, das wäre jetzt ein älterer Mensch gewesen, der nicht mehr so gelenkig ist, der hätte sich hier glatt den Oberschenkelhalsknochen brechen können. Hoffentlich ist die Klinik gut versichert!«

Direkt vor dem Empfangsbereich der Klinik stand ein sportlicher junger Mann, mit einer Menge an Kameraausrüstung beladen und wartete augenscheinlich auf jemanden.

»Wahrscheinlich ist das unser Reporter Jochen Fritsch von der örtlichen Tageszeitung«, raunte ich Susanne zu.

»Ich finde, der sieht sympathisch und vertrauenswürdig aus«, tuschelte sie ihr leise zu.

Ich nickte bestätigend und sagte:

»Ja, das finde ich auch«, und löste sich von ihrem Arm, wechselte ihre Handtasche auf die linke Schulter und streckte dabei bereits ihre rechte Hand in seine Richtung aus.

»Hallo, Sie sind sicher Herr Fritsch von der hiesigen Tageszeitung. Ich bin Isolde Buttermann und dies ist meine Freundin Susanne Birkner, die mir im wahrsten Sinne des Wortes etwas unter die Arme greift.«

»Ja«, erwiderte er leise lächelnd, »das habe ich soeben bereits genau beobachten können, genauso wie Ihr patentes Wechselmanöver beim Taxi vorhin.«

Dann atmete er einmal tief durch und schlug vor, dass wir uns vielleicht noch mal zehn Minuten für ein kaltes Getränk zusammensetzen könnten, um ihm dabei kurz zu erzählen, wie es denn zu der Schwangerschaft Ihres Mannes Thomas gekommen sei und er selbst habe vorher auch noch etwas Wichtiges zu fragen.

Isolde war etwas überrascht über seine Bitte, konnte es aber nachvollziehen und war auch neugierig auf das, was er selbst zu fragen hatte.

So gingen sie alle zusammen also in die Cafeteria der Klinik und setzten uns dort zusammen an einen freien Tisch, der weit genug von den anderen Tischen entfernt war, um nicht ungewollt belauscht zu werden.

Susanne und der Reporter Fritsch bestellten sich jeder eine eisgekühlte Brause und Isolde sich einen Cappuccino.

Während alle auf ihre Getränke warteten, holte der Reporter bereits ein Notizheft sowie einen Kugelschreiber aus der Jackentasche seines Sakkos und legte beides schreibbereit vor sich auf den Tisch.

»Was haben Sie mir denn so Wichtiges zu sagen«, fragte sie neugierig.

»Der elegante Gentleman, mit dem Sie vorhin kurz geplaudert haben, ist kein Gentleman, sondern ein stadtbekannter Gigolo aus unserer Kreisstadt und ein polizeilich hinlänglich bekannter Trickbetrüger.«

Isolde schluckte und hörte Susanne gleichzeitig neben sich leise kichern. Bevor Isolde auch nur darauf antworten konnte, bat er sie, darum nachzusehen, ob etwas in ihrer Handtasche fehlte. Sie stapelte ihre Geldbörse, ihre Brieftasche mit allen Karten und allen wichtigen Ausweisen aus ihrer Handtasche auf den Tisch.

»Sehr gut«, sagte er, »jetzt kontrollieren Sie bitte ganz genau, ob noch alles vorhanden ist, was Sie darin hatten.«

Sie öffnete mit zitternden Händen ihre Geldbörse und zählte ihr Bargeld. Das ging schnell, denn sie zahlte meist per Karte und hatte nie besonders viel Geld darin.

»Alles vorhanden«, triumphierte sie. Dann öffnete sie ihre Brieftasche, worin sich neben Quittungen und Führerschein auch ihre Ausweise und ihre Geldkarten befanden. Ihr wurde abrupt schwindelig, denn sie sah sofort zwei leere Fächer. Ihre Kreditkarte und ihre EC-Karte fehlten.

»Verdammte Scheiße«, fluchte sie lautstark vor sich hin. »Susanne, hast du dein Smartphone dabei? Ich habe nur meinen Nokia-Knochen mit und damit kann ich nicht ins Internet, um die Karten sperren zu lassen. Da ich mir keine Zahlen merken kann, habe ich natürlich auch meine Kontonummern nicht im Kopf, die stehen ja immer auf den Karten drauf. Wer merkt sich denn so etwas?«

Dann fiel ihr ein, dass die ja auf ihrem häuslichen Rechner alle Daten hatte, da sie natürlich ausschließlich Onlinebanking machte. Also gut, dann musste sie eben kurz nachhause fahren und sofort von dort aus alles sperren lassen. Zeit war jetzt wirklich Geld! Sie musste also sofort losfahren, um das jetzt regeln zu können.

»Seid so gut und wartet hier bitte zwanzig Minuten auf mich, dann bin ich zurück. Ich lasse, beziehungsweise sperre selbst von meinem häuslichen Laptop aus die beiden Karten. Drückt mir bitte die Daumen, dass ich gut durchkomme und nicht in einen Stau gerate.«

Zweistimmig hörte sie, noch im Umdrehen, die Worte: »In der Ruhe liegt die Kraft«, hinter sich tönen.
Weiß ich selbst, dachte ich aufgebracht, hinterher ist man immer schlauer, das ist doch altbekannt und ein »alter Hut«, den sie sich da aufsetzen sollte.

Vor lauter Wut auf sich selbst, knallte Isolde jetzt beim Gehen laut mit den Absätzen auf die Waschbetonplatten und blieb natürlich mit einem Absatz daran hängen und konnte sich grad noch soeben auspendeln, sonst hätte sie auch noch eine lächerliche »Schwalbe« gedreht und wäre kopfunter die verdammte Treppe hinunter gefallen. Wie sagt man? Der Teufel scheißt immer auf den größten Haufen. So war es anscheinend wirklich.

Es sah jetzt einfach nach einem »Supergau« aus. Isolde riss sich innerlich zusammen und rief sich energisch zur Ordnung. Am Handgelenk trug sie als Schmuck und gleichzeitig als wichtige Notfallhilfe, bei außerhäuslichen Aktivitäten immer ihre grüne »Viertel-Mala«, ihre Gebetskette. Die würde sie jetzt gleich im Auto nutzen, um »Om`s« zu murmeln und sich dadurch abzuregen und auf den Boden der Tatsachen, zurück zu bringen. Den aufgestauten Stress konnte sie damit immer ganz fix auflösen und kam dadurch auf den Boden der Realität zurück. Sehen konnte man das dann daran, dass sie wie ein Rhinozeros gähnte und vor lauter gähnen auch noch die Augen tränten. Wissenswert war dabei noch, dass die »OM`s keine buddhistischen waren, sondern indische, also hinduistische »OM`s, die meist eine Kette von vier Namen beziehungsweise Worten beinhaltete.

Auf dem Parkplatz angekommen, musste sie sich jetzt zunächst orientieren, denn es standen logischerweise nicht mehr dieselben Autos dort, wie zum Zeitpunkt ihrer Ankunft auf dem Platz.

Sie schaute sich um und ihr Auge fiel auf den schönen roten Lamborghini, dessen Fahrer ihren Mann so unflätig beschimpft hatte. Fast direkt daneben stand ihr Wagen. Der riesige schwarze Geländewagen, neben dem sie eingeparkt, und dessen Kotflügel sie demoliert hatte, stand nicht mehr dort. Das würde wohl auch noch ein Nachspiel geben, denn genau betrachtet, war das wahrscheinlich so etwas wie Unfallflucht und damit sicher eine Straftat, überlegte sie sehr angestrengt und gestresst leise vor sich hin.

Ihr Magen zeigte spontan ein flaues Unwohlgefühl an und versuchte anscheinend sich umzudrehen.

»Mist«, fluchte sie vor sich hin. Energisch rief sie sich zur Ordnung, stieg in ihr Auto und fuhr los, schließlich musste sie sich jetzt schnellstens um die Sperrung ihrer Geldkarten kümmern. Das war jetzt die wichtigste Aktion und musste schnell gehen. Als sie grade auf dem Stück Autobahn, das sie zur Abkürzung beziehungsweise zur Verkürzung der Fahrzeit nutzte, langjagte, hatte sie plötzlich die zündende Idee: sie kannte doch den Versicherungsdetektiv Erwin Müller aus Bremen persönlich. Er hatte ihr einmal bei der Suche nach ihrem damals verschwundenen Cabrio geholfen.

Der würde sicher wissen, was und wie sie aus dieser Misere herauskäme, beziehungsweise was sie jetzt genau machen musste.

Leider konnte sie ihn nicht sofort anrufen, denn bei ihrem Tempo wäre das mehr als lebensgefährlich gewesen, denn das Familienauto hatte keine Freisprechanlage.

Vor ihrem Wohnhaus angekommen, gab es - wie fast immer - keinen einzigen freien Parkplatz. Also schaltete Isolde den Warnblinker an und ließ den Motor laufen. Das würde schon gut gehen, dachte sie. Diese Straße wurde ja nur selten von diesen widerlichen »schwarzen Hilfs-Sheriffs« heimgesucht. Sie sprang also zügig aus dem Wagen und öffnete die Haustür, lief zu ihrem Laptop und schaltete es ein. Diesmal dauerte der Start eine gefühlte Ewigkeit, was natürlich nicht den wirklichen Tatsachen entsprach, aber dann war er hochgefahren und sie konnte agieren. Sie sperrte ihre Konten und rief zur Vorsicht auch noch bei beiden Banken an, um Ihnen den Diebstahl ihrer beiden Karten persönlich zu melden, damit alles wirklich schnell und ohne Rückfragen passierte. Ihre Kundenberaterin kannte sie persönlich und so erkannte sie natürlich auch ihre Stimme und kontrollierte für sie, ob diese Sperrungen auch wirklich erfolgreich im System eingetragen worden sind. Es war jetzt also alles ok und sie steckte sich eine Zigarette an, um das Nachlassen der aufgestauten Anspannung zu unterstützen und sich gedanklich auf die nächste, jetzt erforderliche, Handlung vorzubereiten.

Ach ja, jetzt wollte sie schnellstens ins Auto springen und diesen Erwin Müller von dort aus unerlaubterweise kurz anrufen.

Isolde schloss fix ab und sprang eilig in das wartende Familienauto, machte sich auf den Rückweg in Richtung Klinik, drückte auf die Kurzwahltaste ihres »Knochens«, und steckte sich dann den Kopfhörer ins Ohr. Der Anruf ging raus, aber Müller ging nicht ans Telefon. So wechselte sie aufs Smartphone und ließ ihm die Bitte um Rückruf in einer WhatsApp-Nachricht zukommen. Sie wusste, er würde sich dann bei ihr zurückmelden.

Gut gelaunt und mit sich zufrieden fuhr sie jetzt in normalem Tempo zur Klinik zurück. Das Autoradio dudelte passend den Song, »Don`t worry, be happy«, und sie stimmte lautstark ein.

Plötzlich fiel ihr siedend heiß ein, dass sie nicht vergessen durfte, die Polizei zu verständigen, damit diese sich sofort um den Diebstahl ihrer Geldkarten durch den »Gigolo-Trickbetrüger« kümmerte und den »Gentleman« erst einmal aus dem Verkehr ziehen konnte.

Es gab ja diesmal, mit dem Reporter Jochen Fritsch, sogar noch einen indirekten Zeugen. So sollten das unsere Freunde und Helfer dann sicher hinbekommen.

Als sie die Hälfte ihres Weges zurückgelegt hatte, klingelte ihr »Knochen« und zeigte, dass Erwin Müller sie anrief. Er ist fast so schnell wie die Feuerwehr, dachte sie erfreut, nahm das Gespräch an und meldete sich, mit einer anscheinend erleichtert klingenden Stimme, denn Müller reagierte darauf, indem er gut gelaunt rausposaunte: »Na, wo drückt denn der Schuh, Frau Buttermann?«

Sie musste lachen und erzählte ihm das Geschehen mit der Autotür, das sie auf dem Parkplatz verursacht hatte und dass sie zwar keine Unfallflucht begangen hatte aber dass sie keine Visitenkarte oder Ähnliches hinterlassen hatte. Mit gelassener Stimme antwortete er ihr: »Seien Sie mal nicht besorgt, Sie wurden doch sicher gut versichert, und die Versicherung hat jetzt die Chance etwas für Sie zu tun. In der Situation, in welcher Sie den Schaden verursacht haben, haben Sie in der Tat keine Fahrerflucht begangen, was sich leicht nachweisen lässt.

Als Versicherungsdetektiv habe ich ja selbst eine vollständige Versicherungsausbildung und werde mich mal persönlich darum kümmern, dass Ihre Versicherung alles unternimmt, was erforderlich ist und dass keinerlei Missverständnisse entstehen. So was gehört auch aller zu einem Versicherungsvertreterjob dazu, gnädigen

Frau. Seien Sie unbesorgt und sagen Sie mir lieber, ob es ein Mädchen oder ein Junge geworden ist.«

»Uuuhh«, quietschte sie ziemlich erleichtert ins Telefon, »es sind Zwillinge geworden. Zwei Mädchen, die Christina und Eva heißen und jetzt noch im Brutkasten liegen, weil sie zu wenig Gewicht haben. Sie sind auf meinen Wunsch hin auch schon getauft worden«.

»Herzlichsten Glückwunsch, Frau Buttermann«, tönte es spontan aus dem Hörer zurück.

»Das wird schon werden«, versuchte er Isolde aufzumuntern.

»Heute ist die Medizintechnik doch schon so weit entwickelt, dass die bereits Aliens ausbrüten könnten«, scherzte er etwas übertreibend.

Wieder musste sie spontan lauthals lachen, weil vor ihrem inneren Auge sofort ein riesiges grünes wackelpuddingartiges amorphes Monster auftauchte, das zahnlos hinreißend freundlich grinste. Sie konnte sich gar nicht wieder einkriegen und versuchte angestrengt an etwas anderes zu denken, um nicht durch das viele Lachen Luft zu schlucken und dann einen Blähbauch zu bekommen, der höllisch weh tut und dem nur mit aufgebrühtem Kümmel in kochendem Wasser beizukommen war. Dafür hatte sie in dieser Situation nun überhaupt keine Zeit! Also fuhr sie rechts ran, drückte den Warnblinker und hielt sich die Nase zu und schluckte dreimal trocken, was schwierig war. Durch diese Konzentration auf das Schlucken verpieselte sich ihr Lachdrang und sie war erlöst. Nun drehte sie sich eine Zigarette, steckte sie an, inhalierte zweimal tief und sagte dabei zum still und geduldig abwartenden Erwin Müller:

»Ich lebe wieder, Herr Müller, mein Lachanfall ist ausgestanden und ich kann weiterfahren zur Klinik, aber nächstes Mal warnen Sie mich bitte vor, bevor Sie solche Scherze machen. Es soll schon Leute gegeben haben, die bei so einem Lachanfall von der Straße abgekommen sind. Dann würden Sie wohl Ihre persönliche Haftpflichtversicherung in Anspruch nehmen müssen, oder?«

»Da haben Sie recht Frau Buttermann«, erwiderte er hörbar erschrocken.

»Ich schwöre, dass ich ab sofort nur noch Scherze machen werde, wenn ich zuvor abgefragt habe, ob derjenige grad beim Autofahren ist, auf der Leiter steht, beim fensterputzen ist oder sich in sonstigen potenziell gefährlichen Situationen befindet.«

Nach einer kurzen Pause fuhr er fort:

»Das war überhaupt ein sehr guter Hinweis Frau Buttermann, ich werde also ab sofort alle meine Versicherungskollegen davor warnen in irgendeiner Form telefonisch zu scherzen, Fragen zu stellen beziehungsweise bevor sie nicht abgefragt haben, wo sich der Angerufene zur Zeit grad befindet und ob er gesundheitlich derzeit auch in Ordnung ist. Vielleicht sollte ich sogar der Geschäftsführung vorschlagen einen entsprechenden Fragebogen zu entwickeln, mittels dessen jeder Vertreter genau erfassen muss, wen er wann und warum angerufen hat und in welcher Situation sich der Angerufene zu diesem Zeitpunkt genau befand und ob dessen Gesundheitszustand zu diesem Zeitpunkt in Ordnung war, und noch mehr wäre dann daran sehr gut,« ergänzte er die professionelle Ansprache an Isolde.

»Wir würden unendlich mehr Personal benötigen, das selbst erst einmal versichert werden müsste. Sie haben soeben ein sehr effizientes und wirtschaftlich hervorragendes Konzept angestoßen, Frau Buttermann, ich möchte mich bei Ihnen bedanken. Da er am anderen Ende nichts mehr hörte, fragte er nach »sind Sie noch am Telefon, Frau Buttermann?«

»Ja und nein«, antworte sie mehr oder weniger automatisch und etwas ermüdet durch den Vortrag von Herrn Müller.

»Jo, falls das eine gute Idee ist, die ich grad bei Ihnen angestoßen habe, dann hätte ich gern auch eine Art kleine Erfolgsprovision dafür. Ich, beziehungsweise wir, werden nämlich nebst Unmengen an Kleidung und Pampers auch einen Zwillingskinderwagen benötigen«, dann machte sie eine kleine Pause, bevor sie fortfuhr:

»Vielleicht könnte sich Ihre Versicherungsgesellschaft an dieser Anschaffung mit beteiligen? Sie könnte ihn natürlich mit dem Versicherungs-Firmenlogo und/oder deren Slogan beschriften. Später würde ich diesen Kinderwagen dann gern an die Versicherung zurückgeben und sie könnte ihn dann weiterhin zu Werbezwecken bei sich verwenden.«

»Eine gute Tat zählt doch mehr als tausend gute Worte bei normalen Menschen, oder?«

»Das wäre echt einen Versuch wert«, erwiderte er, schon hörbar mit Überlegungen befasst.

»Ich werde das sofort versuchen und rufe Sie dann an, sobald ich ein Ergebnis beziehungsweise eine konkrete Zusage oder ggf. eine Absage erhalten habe. Sie hören auf jeden Fall von mir, sehr geehrte Frau Buttermann!«

»Dankeschön, und ich bin schon sehr gespannt auf das Ergebnis«, flötete Isolde erfreut ins Telefon und legte auf. Jo, das war doch mal ein echt gutes Gespräch und falls das alles gut funktioniert, dachte sie vor sich hin, dann könnte sie ja versuchen öfter mal solche Gespräche zu führen.

Jetzt drehte sie sich in Ruhe noch eine Zigarette, zündete diese an und fuhr dann weiter, um zur Klinik zu kommen, um dort den Reporter wiederzutreffen. Sie hatte ihm viel zu verdanken und sie würde versuchen ihr Temperament und ihre ewige Ungeduld, sie hasste es nämlich auf irgendwas, irgendwen oder sonst irgendwie zu warten, zu zügeln, denn schließlich hatte er sie vor dem finanziellen Ruin bewahrt! Sie würde ihre Freundin Susanne bitten, sie unauffällig mit dem Ellbogen oder dem Fuß anzustoßen, falls es wieder einmal so weit wäre.

Plötzlich merkte sie, dass sie extrem müde war und beschloss auf die nächste Tankstelle zu fahren, um sich dort einen zehnminütigen Kurzschlaf zu gönnen, denn sie würde nachher sicherlich noch jede Menge Energie benötigen, um alles abzuwickeln, was anstand.

Sie hatte Glück, fünf Minuten später tauchte eine freie Tankstelle auf und sie fuhr dort auf den Hof, an die Stelle, wo man sein Auto aussaugen kann, und klappte ihren Fahrersitz zurück.

Anscheinend war sie sofort eingeschlafen, denn sie befand sich plötzlich in ihrem uralten gelben Postkäfer, namens »Egon«, mit der großen Ablagefläche hinter sich und ihrem zwischenzeitlich verstorbenen Ex-Ehemann neben sich auf dem Beifahrersitz.

»Egon« hatte nur dreißig Pferdestärken, war ein ehemaliger Postkäfer mit nur zwei Sitzen vorn, der hinten nur eine große Ablagefläche für Post hatte. Sie waren damals auf einer Dienstfahrt von München in die Alpen, um eine Vorortuntersuchung eines Balkons, von dem jemand über die Brüstung gestürzt war, vorzunehmen.

Die Brüstung entsprach dann in der Tat nicht der erforderlichen Höhe für Hotels, denn er war gute zehn Zentimeter zu niedrig. Sie dokumentierten dies mittels eines Fotoapparates und machten sich dann auf den Rückweg in Richtung München.

Als sie an der österreichisch-deutschen Grenze ihre Personaldokumente vorlegen mussten, kochte »Egon« bereits. So mussten sie nochmals Wasser in den Kühler nachfüllen und fuhren dann in gemäßigtem Tempo in Richtung München weiter.

Ungefähr 25 Kilometer später kam ein Anruf unseres Chefs, dass wir gleich weiterfahren sollten, und zwar in Richtung Hamburg, um dort im Umland einen Rechtsanwalt, der gleichzeitig auch selbst Arzt war, zu besuchen. Dieser Arzt hatte nach einem Arbeitsunfall angeblich immer noch extreme Schmerzen, obwohl er laut aller ärztlichen Untersuchungen und Unterlagen schmerzfrei hätte sein müssen.

Er hatte keinerlei Gliedmaßen verloren und so konnten es also auch keine sogenannten Phantomschmerzen sein. Bei Menschen mit abgetrennten Gliedmaßen kann es passieren, dass zum Beispiel ein nicht mehr vorhandener Fuß wie verrückt juckt oder schmerzt, das sind dann so genannte Phantomschmerzen, die schlecht behandelbar sind. Isolde kannte das schon von anderen Verletzten.

Wir ließen uns damals also ganz genau zeigen, welche Medikamente er nahm und schrieben diese alle genau - samt Einnahmeverordnung des behandelnden Arztes auf. Dann ging es mit »Egon« zurück nach München zu unserer Dienststelle, in einer Berufsgenossenschaft.

Isolde schreckte plötzlich hoch und bemerkte, dass sie nicht in ihrem Postkäfer saß, sondern in ihrem Familienwagen, der auf einer Tankstelle stand. Ein Blick auf die Uhr im Armaturenbrett zeigte ihr, dass sie wohl knapp zehn Minuten gedöst hatte.

Jo, jetzt musste sie sich aber beeilen, um den aufmerksamen und hilfsbereiten Reporter Jochen Fritsch an der Klinik zu treffen. Ohne ihn wäre sie, beziehungsweise wären sie beide jetzt sicherlich völlig pleite und die Bankkonten hätten alle das maximale Kreditlimit erreicht.

Isolde streckte sich kurz, dehnte ihren Rücken und gab dann zügig Gas, um zur Klinik zu kommen.

Während sie noch unterwegs war, wachte ihr Mann im Krankenhaus aus der Narkose auf und fragte sofort die anwesende Krankenschwester »wo ist mein Kind?«

Diese antwortete prompt in einem resoluten und bestimmenden Ton:

»Sie sind jetzt erst einmal still und schlafen Ihren Narkoserausch aus. Sie sind sowieso ein Glückspilz, denn es sind zwei gesunde süße Mädchen, die zurzeit noch im Brutkasten liegen, weil sie etwas untergewichtig sind und aufgepäppelt werden müssen. Dort sind die beiden gut aufgehoben und unter ständiger Kontrolle, sodass Sie sich jetzt ausruhen und schlafen können. Sobald Sie ausgeschlafen sind und alle Ihre Vitalfunktionen »grünes Licht« geben, dann darf auch Ihre Frau Sie hier besuchen. Also Augen zu und weiterschlafen«, beendete Sie resolut ihre Ansprache.

Ach du Scheiße, Zwillinge, dachte er, ich haue ab!

Anschließend checkte die Schwester noch sorgsam, ob alle Vitalüberwachungskabel richtig angeschlossen waren, und kontrollierte, was die aktuellen Werte auf dem Display anzeigten. Alles schien in Ordnung zu sein und sie verließ das Krankenzimmer, um im Schwesternzimmer endlich einen Kaffee zu trinken, und ihre verdiente Pause zu machen. Vielleicht schaffte sie es ja auch noch kurz nach draußen zu gehen, um eine rauchen zu können. Das wäre jetzt echt klasse, überlegte sie.

Sie ließ also den »Pieper« in die rechte Tasche ihres Schwesternkittels gleiten, schüttete sich schnell einen Kaffee aus einer der dort stehenden Warmhaltekannen ein, goss etwas flüssige Sahne in den Kaffee und machte sich damit auf den Weg zum Lift des Krankenhauses, der sie ins Erdgeschoß bringen sollte, um sich dort auf eine der Bänke im Freien setzen zu können.

Sie hatte Glück, einer der vier Lifte stand bereits auf ihrer Etage und öffnete sich auf ihren Kopfdruck hin.

Sie stieg ein und nippte schon mal ein bisschen an ihrem Kaffee und dachte darüber nach, was sie an diesem Abend wohl als Abendessen für ihre Familie machen könnte. Rucola-Salat mit kleinen Cherry-Tomaten und Ziegenkäse sowie frischem Baguette wäre doch eine klasse Idee. Unwillkürlich leckte sie sich bei dieser Vorstellung mit der Zunge über ihre Oberlippe.

In diesem Lift befanden sich allerdings zwei Wespen und bevor sie diese Wespen entdecken konnte, hatte eine von ihnen ihr bereits in die Zungenspitze gestochen. »Aua«, quietschte sie automatisch und sah sich erstaunt um. Sie entdeckte die hinterhältigen Wespen im Lift und schüttete der einen von ihnen cholerisch und wutentbrannt ihren heißen Kaffee hinterher.

Sie wusste genau, was jetzt auf sie zukam und drückte sofort den Notfallknopf im Fahrstuhl. Sie fühlte bereits, wie ihre Zunge begann anzuschwellen und wie ihr Herzschlag sich zeitgleich rasant beschleunigte, denn sie hatte schon seit circa fünf Jahren eine Wespenstichallergie, die sie aber nicht hatte behandeln lassen, weil sie dazu keine Zeit fand. Zweimal wöchentlich, über einen längeren Zeitraum hin, waren zeitlich einfach nicht drin.

Bei den Überstunden, die sie im Krankenhaus leisten musste, war es schon schwierig genug auch nur »das bisschen Haushalt« noch zu managen. Ihre Kinder mussten ohnehin schon ständig mit ran und sie wollte und konnte ihnen doch nicht auch noch die letzte Freizeit nehmen, indem sie noch zusätzlich nach ihrer Arbeitszeit weitere Zeit beim Allergologen verbrachte.

Zu ihrem Glück war das Krankenhaus zumindest technisch gut durchorganisiert und darum waren auch die Aufzüge mit Überwachungskameras ausgestattet. So dauerte es in der Tat nur circa zwei bis drei Minuten, bis zwei Krankenpfleger an der Fahrstuhltür auftauchten.

Zu diesem Zeitpunkt war ihre Zunge jedoch bereits mindestens auf das dreifache angeschwollen und passte kaum mehr in ihren Mund.

»Was bin ich für ein Idiot«, konnte sie noch kurz denken und klappte nebenbei mit der rechten Hand fix den Notsitz herunter, ließ sich darauf fallen und wurde bewusstlos.

In genau diesem Moment öffnete sich die Aufzugstür und der größere von den beiden herbeigeeilten Krankenpflegern, konnte sie grad noch auffangen, sodass sie sich nicht auch noch den Kopf oder irgendetwas anderes verletzte. Das nannte man wohl Glück im Unglück.

Die beiden Krankenpfleger »piepten«, mit ihrem Notfallsender sofort den diensthabenden Notarzt, der sich im Erdgeschoß der Klink befand, an und orderten ihn zum Fahrstuhl.

»Was für ein Scheiß«, sagte der eine Pfleger zu dem anderen. »Früher gab es mal auf jeder einzelnen Station diensthabende Ärzte, die ständig für die Patienten ihrer Station »griffbereit« waren. Jetzt sind durch diese neuen Gesundheitsverhinderungs - Sparverordnungen der Krankenkassen nur noch die ein oder manchmal zwei Notärzte im Unfallbereich des jeweiligen Krankenhauses ständig verfügbar. Bis man die über den Pieper auf der Station hat, da kann es in einem Notfall schon zu spät sein und falls zeitgleich woanders im Haus noch ein Notfall ist, dann »Gute Nacht Marie«.

»Weißt du was, ich werde ihr jetzt selbst eine Adrenalin-Spritze setzen, sonst ist unsere Kollegin tot, bevor endlich ein Arzt hier ist«, sagte der eine Pfleger und rannte in einem Affenzahn los, um die Spritze zu holen.

Eine Minute später kam er, mit einer Spritze in der rechten Hand, keuchend zurückgerannt und verpasste der Kollegin die erforderliche Injektion. Während er noch ein bisschen auf die Einstichstelle klopfte, damit sich das Serum besser verteilte, flatterten bereits ihre noch geschlossenen Augenlider leicht und es war bereits zu sehen, dass die Spritze prima wirkte. Ein fürsorgliches Tätscheln ihrer Wangen sollten den Aufwachprozess unterstützen und sie wieder komplett »auferstehen« lassen. »Yes, da ist sie wieder«, rief er entzückt und küsste sie voll Überschwang kurz auf die Stirn.

Die Krankenschwester blinzelte ein bisschen, öffnete langsam ihre Augen und blickte leicht erschrocken in die vier Männeraugen über sich.

»Hey, was wird das denn grad hier, etwa ein Überfall der dritten Art?«

Dann fiel ihr plötzlich siedend heiß das Schwein von Wespe wieder ein, das sie im Fahrstuhl gestochen hatte und sie damit außer Gefecht gesetzt hatte. Sie schaute jetzt ganz genau, wessen Gesichter sie denn grad über sich erblickte.

»Mann, Ihr seid´s ja«, haute sie raus und grinste erleichtert. »Das war wohl jetzt Rettung in letzter Sekunde, oder?«

»Mein Mann wird es euch danken, dass er seine Ernährerin nicht verloren hat. Ich dagegen hatte grad einen wirklich schönen Traum von dunklem Schokoladeneis mit Sahne und einem Cappuccino dazu. Aus diesem habt ihr mich aber soeben leider geweckt. Aber ich vergebe Euch das und lade Euch hiermit ein, mit mir zusammen, jetzt sofort einen schönen Cappuccino schlürfen zu gehen und eine zu schmöken. Was haltet Ihr davon?«

Vier Augen schauten sie ziemlich überrascht an und quietschten einstimmig »aber gernstens, Chefin«, und halfen ihr dabei auf die Beine, um dann untergehakt mit ihr, zu einem abwärtsfahrenden Lift zu schlendern.

Aus den Augenwinkeln bemerkten sie dabei, dass aus dem Nebenlift zeitgleich zwei Klinikroboter ausstiegen, um zu ihrem Arbeitsplatz zu fahren.

Die drei grinsten und schauten sich gegenseitig vielsagend an, bevor sie alle gleichzeitig in so lautes Gelächter ausbrachen, dass man sie sogar im Nachbarlift hätte hören können.

»Diese, unsere Mitarbeiter, benötigen keinerlei Kaffeepausen und keinerlei Zigaretten, die brauchen nur Strom sowie Öl, falls sie mal quietschen sollten«, keuchte der eine der beiden Krankenpfleger, in einer Mischung aus Spott, Ironie und Atemnot.

Die gerettete Krankenschwester erwiderte ebenfalls noch immer lachend »jetzt haben wir aber wirklich alle unser Eis und unseren Cappuccino nötig, denn es ist hier trotz der Klimaanlage, gefühlt doch noch recht warm.«

In diesem Moment kam dann doch ein abwärtsfahrender Lift und brachte sie zügig und ohne Zwischenhalt direkt zum Erdgeschoß der Klinik, wo sich auch das Café befand.

***

4

Zur gleichen Zeit klingelte bei dem örtlichen Reporter Jochen Fritsch, der auf Isolde Buttermann wartete, um Fotos von den Zwillingen und ihrem Ehemann machen zu können, um dann ihre Story - samt Fotos - in der örtlichen Tageszeitung exklusiv zu veröffentlichen, sein Mobiltelefon. Er konnte sehen, dass es sich um den Anruf seines Chefredakteurs handelte, und meldete sich mit den Worten:

»Ja Chef, was liegt an? Ich bin grad im Foyer der Klinik und darf wahrscheinlich gleich die Fotoserie über die frischgeborenen Zwillinge und deren Vater schießen, und« …, bevor er fortfahren konnte, wurde er rabiat von seinem Chef unterbrochen.

»Nehmen Sie sofort ihre Ausrüstung und machen Sie sich schnellstens auf den Weg in die Innenstadt. Dort findet soeben ein offener Straßenkampf zwischen den Anwohnern und irgendwelchen aufgebrachten Gruppen statt, und die demonstrierenden Umweltkids befinden sich mittendrin in ihrer Freitags-Demo. Los, Zeit ist Geld, denn die Zeitungsreporter unserer Kreisstadt sind garantiert auch schon unterwegs. Sie haben den Vorteil, dass Sie schneller vor Ort sein können, Herr Fritsch. Düsen Sie also sofort los.«

Fritsch holte tief Luft, hievte dabei bereits seine Ausrüstung wieder auf die Schultern und keuchte ins Handy: »bin unterwegs Chef, halten Sie mir die Titelseite frei.«

Seine Ausrüstung umklammernd rannte Fritsch, so schnell er konnte, zu seinem Wagen, öffnete dabei per Fernbedienung die Türen sowie seinen Kofferraum und verstaute seine Fotoausrüstung darin. Beim reinspringen ins Auto zog er sich dabei eine Blessur am Kopf zu und es flimmerten kurz Sternchen vor seinen Augen. »Mist«, knurrte er sich erbost selbst an und drehte aber bereits zeitgleich den Zündschlüssel, um das Auto zu starten.

Unterwegs, an einem dieser neuen Rondelle, die es jetzt ja oft statt der alten Kreuzungen gab, war er so schnell unterwegs, dass er plötzlich verschärft mit der Fliehkraft zu kämpfen hatte, die ihn beinahe aus der Kurve hinausschleudert, hätte. Den Schrecken in den Gliedern, schrie er wütend auf sich selbst, »Schwachmat, pass doch auf«, und latschte dabei kräftig auf die Bremse, um langsamer zu fahren.

In etwas gemäßigteren Tempo setzte er mit hämmernden Schläfen seine Fahrt zur Demo fort und überlegte dabei, weshalb er sich eigentlich so unter Druck setzte. Er war doch ein angestellter Reporter dieser Lokalzeitung und keiner dieser freiberuflichen Reporter, die immer wie Löwen darum kämpfen mussten, um ihre Storys beziehungsweise irgendwelche, ihrer selbst geschossenen Fotos, an irgendeine Zeitung verkaufen zu können. Diese Sorte Berufskollegen taten ihm immer bzw. oft leid, denn er kannte deren Situation. So hatte er nämlich zuerst leider auch als freier Fotograf gestartet.

Er schüttelte über sich selbst den Kopf, suchte jetzt in aller Ruhe seine Sonnenbrille und fand diese bereits oben auf seinen roten »Kopf-Igel« hochgeschoben und zog sie mit dem rechten Mittelfinger geschickt auf die Nase runter. »Jo, das ist besser« sprach er laut mit sich selbst und nahm sich vor, an der nächsten Tankstelle, an der er vorbeikäme, einen Kaffee sowie ein Eis herauszuholen und dann dabei kurz seine Verlobte Pia anzurufen. Er wollte sie kurz darüber informieren, dass es heute sehr wahrscheinlich später werden würde.

Nach ungefähr zweieinhalb Kilometern sah er die wehenden Werbefahnen einer freien Tankstelle in Fahrtrichtung und knurrte zufrieden vor sich hin »Na also, das hat ja mal richtig gut geklappt, kein Stau, nicht geschlossen, sehr schön.«

Er reduzierte die Geschwindigkeit, bog in gemäßigtem Tempo auf das Tankstellengelände ab und parkte seinen dunkelgrünen Wagen dort auf einem der markierten Parkplätze, direkt vor dem Tankstellenshop. Mit großen Schritten »enterte« er den Shop, besorgte sich einen großen Becher schwarzen Kaffee und ein Eis am Stiel und nahm beides mit in seinen Wagen. Zwei große Schlucke Kaffee genehmigte er sich sofort und stellte den Becher dann vorsichtig auf der Innenkonsole seines Wagens ab. Dann riss er ungeduldig die Umhüllung vom Eis auf und kostete das Vanilleeis mit Schokoladenüberzug. Genüsslich brummte er vor sich hin und, nahm gleichzeitig sein Handy zur Hand um seine Verlobte Pia zu verständigen.

Pia war erstaunlich schnell am Handy und meldete sich mit »Hi Schatz, gut dass du anrufst! Ich habe grad vor zehn Minuten einen Anruf von dem Rechtsanwalt und Notar meiner verstorbenen Eltern erhalten. Der Notar teilte mir mit, dass ich genau ein Drittel des Vermögens meines Vaters erben werde, der ja schon vor sechs Monaten verstorben ist, also zwei Jahre nach dem Tod unserer Mutter. Die anderen zwei Drittel werden natürlich meine beiden Geschwister Holger und Henning bekommen!«

»Wow, was für eine tolle Nachricht, aber sind denn überhaupt noch nennenswerte Vermögenswerte nach der gerichtlich angeordneten dubiosen »Vermögenspflege« durch diese eingesetzte Osteuropäerin vorhanden?«, fragte Jochen.

»Die hatte doch noch zeitgleich ungefähr zweihundert weitere Personen betreut, wie auch immer sie dies gemacht haben konnte.«

Gutgelaunt antwortete Pia: »Ich hatte dir doch erzählt, dass wir in dieser Geschichte die Kripo einbinden mussten, die ausgiebig ermittelte und dann nachgeprüft hatte, was noch vorhanden sein müsste und ob der derzeitige Istzustand ok war. Am Ende dieser sehr unerfreulichen und wohl auch häufiger vorkommenden Geschichte, war es dann einigermaßen ok, was - beziehungsweise was wieder - oder noch an Geld und Besitztum noch vorhanden ist. Dank an Justitia, auch wenn sie blind ist und nicht alles sehen kann.«

»Also Jochen, es ist jetzt sicherlich noch genügend an Werten vorhanden, und für einen schönen Urlaub wird es auf jeden Fall genügen«, beendete sie ihre Botschaft.

»Jo, Du hast sicherlich recht, so wie immer«, stöhnte Jochen Fritsch ergeben und ergänzte sofort, um dieses Thema endgültig zu beenden: »ich werde heute sehr wahrscheinlich etwas später nachhause kommen, weil ich jetzt zuerst noch eine Demo in der Innenstadt filmen und dann darüber einen Artikel schreiben muss. Danach werde ich in der örtlichen Klinik noch Bilder von den Zwillingen machen, die heute ein Mann per Kaiserschnitt zur Welt gebracht hat. Also warte nicht auf mich, du kannst ruhig schon ins Bett gehen, wenn du müde wirst. Bis später und zwei Küsschen auf deine Sommersprossennase, ich versuche mich zu beeilen«, beendete er hörbar gehetzt klingend, das Telefonat.

Sein Eis und seinen Kaffee hatte er bereits während des Telefonates so geräuschlos wie möglich weggeschlabbert und warf jetzt die Verpackungsreste geschickt aus dem Fenster seines Wagens in den dort hängenden Papierkorb. Dann trat er zügig aufs Gaspedal, um in die Innenstadt zu fahren und dort die Reportage über die soeben bereits auf Hochtouren laufende Demonstration für seinen Chefredakteur zu filmen und zu kommentieren. Er hoffte, dass er sich dabei nicht wieder Blessuren zuziehen würde, wie beim letzten Mal, als er mit seiner Kamera mitten in einer Demo filmte und deswegen von den Demonstranten Prügel bezog. Dafür hatte er heute garantiert keine Zeit, auch wenn er ja nachher sowieso noch ins Krankenhaus fahren würde. Dort dann wegen einer eigenen Blessur noch ewig in der Notaufnahme warten zu müssen, war zeitlich einfach nicht drin.

Er benötigte mit dem »Bleifuß« auf dem Pedal circa zehn Minuten bis zur Innenstadt, parkte seinen Wagen verkehrswidrig auf dem Bürgersteig einer Nebenstraße und legte seinen »persönlichen Parkschein« in Form eines roten DinA4 Blattes mit der Aufschrift »Reporter im Einsatz« auf das Armaturenbrett seines Autos.

Er war in dieser Stadt ja bekannt und wusste, dass die Polizei für ihn immer ein Auge zudrückte.

Kamera, Stativ und ein Spezial-Mikro hatte er in seinem schwarzen Kamerarucksack bei sich, dessen einen Gurt er sich über seine linke Schulter hängte und ging dann mit großen Schritten eilig in Richtung des Zentrums der Demonstration und baute dort sein Equipment auf und legte los mit seiner »Livereportage« und berichtete über das, was er sah und er schaffte es, sogar auch noch einige der Zuschauer live zu ihrer Meinung über diese Demo zu interviewen.

Deren Meinungen liefen überraschender Weise weit auseinander und waren damit kontrovers, was für ihn eine gute Ausgangssituation für seinen Artikel darstellte. Er war sich ziemlich sicher, dass das seinen Zeitungschef sehr zufrieden stellen würde. Er hatte genügend Aufnahmematerial und Kommentare gesammelt, damit »der Alte« selbst einen guten Artikel für seine morgige Tageszeitungsausgabe erstellen könnte, denn er wusste, dass sein Chef das gern auch mal persönlich machte, um seine eigene Auffassung über das Geschehen mit einbringen zu können.

Jochen Fritsch baute also zügig sein Kameraequipment wieder ab und verstaute dann seine Ausrüstung sorgsam wieder in seinem Wagen, setzte sich dann hinein und steckte sich eine Zigarette an, um sich zu entspannen. Nach drei Zügen rief er seinen Chef an und berichtete ihm kurz über das Geschehen und den Ablauf der Demonstration.

»Chef, ich habe jetzt also alles über diese Demo in Bild und Ton im Kasten, und werde es jetzt noch mündlich für Sie aufs Band kommentieren. Dann bringe ich Ihnen das jetzt alles rasch vorbei und es wäre toll, wenn Sie es selbst noch zusätzlich kommentieren würden, denn das können Sie ja meist sogar noch besser als ich. Ich selbst werde dann nämlich sofort danach noch in die Klinik fahren und die Aufnahmen von diesen Zwillingen schießen, die von ihrem eigenen Vater ausgetragen und geboren wurden. Das Interview mit der Ehefrau dieses Vaters, der Frau Isolde Buttermann, könnte ich dann sicherlich exklusiv von ihr bekommen, also mit allen alleinigen Bild- und Berichtsrechten für unsere Zeitung.«

Jochen Fritsch machte nun eine etwas längere »Kunstpause« und wartete geduldig auf die dadurch erzwungene Antwort seines Chefs.

Dieser benötigte einen etwas längeren Zeitraum, bis er antworten konnte, denn er war nicht der geborene Schnelldenker, sondern eher der bürokratische, alles voraus und alles abwägende sowie alles planende Langsam Denker, der im Kopf bereits alle eventuellen Negativseiten beziehungsweise Negativfolgen und Konsequenzen abwog.

»Fritsch, was machen wir, wenn diese Frau anfängt zu pokern, um viel Geld für diese Exklusivrechte herauszuschlagen?«, erwiderte sein Chef misstrauisch und fasziniert zugleich. »Wir verfügen nicht über das Kapital, das überregionale Zeitungen zur Verfügung haben.«

Jochen Fritsch lachte erfrischend laut und herzlich, um dann mit einem ziemlich guten Argument und einem spontanen Vorschlag um die Ecke zu kommen.

»Chef, ich denke, das können wir so machen: die Ehefrau macht einen intelligenten und offenen Eindruck und ist offensichtlich mittelmäßig praktisch veranlagt. Die Familie selbst ist wohl im unteren Mittelstand einzuordnen. Wir werden ihr unaufgefordert einen Gutschein zur Geburt ihrer Zwillinge für den Kauf von Babyausstattung, Pampers und anderem Verbrauchsmaterial für Babys schenken, den sie dann bei einem entsprechenden Babyausstatter in unserer Stadt einlösen können. Diese Frau beziehungsweise das Ehepaar wird uns dafür sicherlich ewig dankbar sein, dies weitererzählen und unsere Zeitung wird dadurch garantiert regional und eventuell sogar überregional viel bekannter werden. Das wiederum würde bestimmt auch die Zahl unserer Leser und Abonnenten erhöhen. Diesem Babyausstatter wiederum, bei dem wir den Gutschein kaufen, könnten wir dann freundschaftlich nahelegen, dass er sich bei uns, für unsere Kundenvermittlung gern mit einer festen Werbeanzeige in unserer Zeitung dafür revanchieren darf, die ihm ja dann auch wiederum sofort noch neuen Kundenzulauf bringen würde. Dadurch würde sich der Geldaufwand unserer Zeitung, für den Babybedarfsgutschein an die Familie der Zwillinge, eventuell sogar mehr als amortisieren. Was halten Sie jetzt davon Chef?«, fragte Jochen Fritsch in einem hauchzart süffisanten Tonfall.

»Wirklich eine sehr gute Idee, Fritsch«, erwiderte sein Chef hörbar erfreut. »Ich denke, dass wir dann für diesen speziellen Fall schon mal zweihundertfünfzig Euro Euro »raus tun« können.« Schallendes Gelächter von Jochen Fritsch ließ ihn zusammenzucken.

»Wieso lachen Sie so, Fritsch?«, fragte er den Reporter verdutzt.

Fritsch antwortete belustigt:

»Wann haben Sie das letzte Mal eingekauft, Chef? Für zweihundertfünfzig Euro wollen wir uns sozusagen die alleinigen Vermarktungsrechte erkaufen, aber für diesen Betrag wird selbst diese plietsche Lady lange nicht das einkaufen können, was sie benötigt. Das reicht nicht hinten und nicht vorn. Ich schlage vor, dass Sie noch eine Null mehr vor das Komma schreiben, dann wird daraus ein Schuh und diese Familie wird dann auch noch unaufgefordert für uns Reklame machen.«
Fritsch hörte seinen Chef schlucken und hörte quasi dessen Gehirn rattern. Er verhielt sich still und wartete geduldig auf die Antwort seines verdutzten Chefs.

Dieser brauchte noch so circa zwei Minuten und antwortete dann mit einem Stoßseufzer: »Na gut, Fritsch, Sie haben ja recht! Also dürfen Sie ihr zweitausendfünfhundert Euronen anbieten. Ich werde sofort einen Verrechnungsscheck auf den Namen Isolde Buttermann ausstellen, den Sie dann gleich bei mir abholen können. Dieser Scheck kann dann nur von ihr persönlich eingelöst werden und wird dann ihrem Konto gutgeschrieben. Dies ist die sicherste Variante, damit nur sie an das Geld kommt, denn jemand anderes könnte ihn nicht einlösen. Also machen Sie sich auf den Weg zu mir, Fritsch. Ich erwarte Sie hier bei mir im Büro«, sagte er abschließend und legte beschwingt und sehr zufrieden mit sich selbst den Hörer seines Festnetztelefons auf. Dann griff er in seine Schreibtischschublade, holte ein Scheckbuch heraus und füllte mit seinem dokumentenechten Kugelschreiber diesen aus.

Da er jetzt noch einige Minuten Wartezeit bis zum Eintreffen von Fritsch hatte, nutzte er diese Wartezeit dazu, seinen Freund, einen alten Bibliothekar, der stets eine schwarze Fliege, statt einer Krawatte trug, anzurufen, um sich für abends mit ihm auf ein Bier zu verabreden. Mit ihm wollte er dann diesen seinen »Deal« feiern und ein bisschen klönen. Er griff zum Festnetzhörer und hatte seinen Freund erstaunlicherweise auch sofort an der Strippe, was ungewöhnlich war.

Der Bibliothekar meldete sich mit »Was liegt an, Egon mein Freund?«

»Paule, alter Kumpel, ich habe heute was zu feiern und finde, das sollten wir beide vielleicht nachher miteinander machen.

»Ja. Egon, wir haben uns in der Tat schon ewig nicht mehr getroffen!« erwiderte Paule belustigt.

»Was hältst du von neunzehn Uhr in unserer üblichen Stammkneipe«, schlug er vor.

»Ja, das ist eine gute Zeit, denn Redaktionsschluss ist - wie immer - um Achtzehnuhrdreißig«, erwiderte Egon mit beschwingter Stimme und ergänzte abschließend:

»See you later, alligator!«

Diese übermütige Verabschiedung hörte der Reporter Fritsch grad noch, als er an die Tür seines Chefs klopfte und trat, deswegen noch grinsend, flott in das Büro seines Chefs ein.

»Hier bin ich schon Boss, um den Scheck abzuholen. Würden Sie mir den bitte noch in einen Briefumschlag versenken, damit er keinen Schaden nehmen kann?« Hammerschmidt zog leicht pikiert seine rechte Augenbraue hoch und tat dem Reporter den Gefallen, klebte den Umschlag anschließend noch sorgsam zu und schrieb auf die Vorderseite: »Frau Isolde Buttermann – persönlich.« Fritsch streckte blitzschnell seine linke Hand aus und ergriff ihn. Dann drehte er eine Art Pirouette und stiefelte flott zur Bürotür raus.

Draußen im Gang blickte er kurz nach links und rechts, um sich in diesem Altbau mit den historisch hohen Decken, der noch dazu sozusagen in einer Art abgerundetem Karree erbaut wurde, zu orientieren und so den richtigen Ausgang zu erwischen, denn ansonsten müsste er jetzt einen riesigen Umweg in diesem altehrwürdigen Kasten absolvieren, wozu er heute gar keine Lust und keine Zeit hatte. Schließlich musste er ja noch in die Klinik, um die Fotos für die Zwillingsstory zu schießen und mit dem noch zu verfassenden Artikel darüber in die Redaktion zu rasen, damit er heute noch in den Druck kam. Danach war auch noch der Kinotermin mit seiner Verlobten Pia zu absolvieren, denn ansonsten würde sie sicherlich wieder vierzehn Tage nicht mit ihm reden, denn er hatte es ihr ja fest versprochen. In dieser Hinsicht war sie knallhart gegen ihn und kannte kein

Pardon. Er seufzte leise vor sich hin, schüttelte sich kurz und beeilte sich, um aus diesem Haus hinaus und dann zu seinem Wagen zu kommen.

Glücklicherweise hatte er sich, trotz seines Eiltempos, sogar die richtige Stelle gemerkt, an der er sein Auto abgestellt hatte, und so sprang er sportlich in den Wagen und öffnete sofort das Verdeck, da er wegen der gestauten Hitze darin kaum Luft bekam und ihm bereits Schweißperlen von Stirn und Nacken ins weiße T-Shirt rollten. Den Briefumschlag mit dem Scheck darin, klemmte er vor dem Beifahrersitz in den Spalt zwischen Frontscheibe und Armaturenbrett, damit er ihn nachher schnell wiederfinden konnte und nicht noch weitere Zeit mit suchen verplempern musste. Dann gab er Gas und fuhr in Richtung Krankenhaus.

Während er mit überhöhter Geschwindigkeit seine persönliche Abkürzung zur Klinik fuhr, klingelte sein Handy und er aktivierte seine Freisprechanlage, um sich nicht noch ein blödes Strafticket und Punkte in Flensburg zuzuziehen und meldete sich mit:

»Jo, was gibt´s beziehungsweise was kann ich für Sie tun?«

Am anderen Ende war ein kurzes Schweigen und dann hörte er: »Mein Name ist Ostermann von dem Unternehmen Banania-Versicherungen und ich habe für Sie, als unseren langjährigen Kunden, ein super Angebot für günstigen grünen Strom aus Ihrer Region. Was...«

»Stopp junge Frau«, posaunte Fritsch dazwischen und fügte zähneknirschend freundlich hinzu: »ich bin Reporter und soeben in einem sehr eiligen Auftrag in meinem

Auto unterwegs. Sie werden meinen Bericht morgen früh in der Tageszeitung lesen können, aber nur, sofern Sie mich jetzt meine Arbeit machen lassen. Übrigens habe ich ein Blockheizkraftwerk zuhause, sodass ich Ihnen leider sowieso keinen Strom abnehmen kann. Ich wünsche Ihnen aber trotzdem noch viel Erfolg bei Ihrer Akquise und falls Ihr Unternehmen das möchte, so könnte es auch gern in unserer örtlichen Tageszeitung eine gewerbliche Werbeanzeige aufgeben. Mein Chef, Egon Hammerschmidt, hätte da sicherlich ein offenes Ohr und einige hilfreiche Tipps für Sie.«

Er beendete, leicht vor sich hin grinsend den Anruf. Dann erhöhte er sein Tempo noch etwas mehr, denn er wusste, dass die örtliche Polizei seinen Wagen kannte und meistens über seine Geschwindigkeitsüberschreitungen hinweg sah. Falls nicht, so kannte er ja auch deren Chef persönlich und könnte mit diesem, der sein Nachbar gegenüber war, sicherlich ein »Agreement« finden. »Wohl dem, der jemanden kennt, der jemanden kennt«, grinste er zufrieden vor sich hin und raste weiterhin in Richtung des Krankenhauses.

Er war echt gespannt, wie wohl die Zwillinge und deren Vater, der sie ausgetragen hatte, aussehen würden. Er freute sich auch, dass er für die Familie diesen Scheck seines Chefs hatte ergattern können und ging fest davon aus, dass die Familie ihn gern dankbar annehmen würde.

In seinem Kopf strukturierte er nun vor, welche Fragen er denn den Eltern - speziell dem Vater der Kinder - stellen würde beziehungsweise könnte und welche Art von Fotos und welche Motive er filmen könnte. Es ratterte in seinem Gehirn und er überlegte praktische Dinge wie Tiefenschärfe, Ausleuchtung und Motiveinstellungen sowie die Frage, ob die Klinik ihn wohl dabei unterstützen würde oder ob nicht.

Diesen Gedanken verbot er sich aber sofort wieder, denn er kannte ja die Gesetzmäßigkeit der sich selbst erfüllenden Prophezeiungen beziehungsweise Gedanken.

Die Klink wird mich auf jeden Fall gern bei allem unterstützen, denn sie hat ja auch ihre Vorteile davon. Sie erhält dadurch eine gute und kostenlose Werbung für sich selbst. Aus den Händen der örtlichen Presse ist das sicherlich Gold wert, da objektiv und keine subjektive Eigenwerbung.

Ein Blick auf die Umgebung zeigte ihm, dass er schon fast dort war. Es ging nur noch um zwei Kurven und dann wäre er vor Ort.

Hubschraubergetöse über ihm unterbrach abrupt seine Gedanken und er blickte automatisch nach oben, um die Flugrichtung und die Art des Fliegers zu erkennen.

Es war ein Militärhubschrauber, der gottlob nicht in Richtung des Krankenhauses flog. Vielleicht ist es ja der Helikopter, der unsere Politiker mit ihrem ausländischen Gast zu einer Werft bei Cuxhaven bringen soll. Bei diesem Gedanken »ging ihm der Hut hoch«, weil er daran denken musste, wie viele Steuermillionen bereits von, laut Aussagen der Medien, in ein altes Segelschulschiff gesteckt wurden und noch gesteckt werden sollten. Scheiß Gedanke. Dieses Geld müsste ja später wieder von allen Steuerzahlern aufgebracht werden.

Was für merkwürdige Prioritäten in unserem Land. Kein Geld für Kindergärten, für die seit Jahren erforderlichen Sanierungen der maroden Schulen, wo die Kinder auf defekte Toiletten gehen müssen und wo viele Eltern nicht einmal das Geld für Pausenbrote zur Verfügung haben. Natürlich haben wir dann aber Geld für dies Segelschulschiff, dessen Reparatur zunächst einige Millionen kosten sollte und letztendlich noch mehr aufgebracht werden müssten, um das immer noch defekte Schiff bei der Werft auszulösen.

Der Begriff »Bananenrepublik« kreuzte unaufgefordert in seinen Gedanken auf und er rief sich selbst verschärft zu Ordnung und Disziplin auf. Das war jetzt nicht seine Baustelle. Er hatte eine andere Aufgabe, die er jetzt auf jeden Fall bewältigen wollte und auch konnte. In diesem Moment tauchte die Klinik in seinem Sichtfeld auf und er fuhr bis zur Rezeption vor, um sich anzumelden und sich dann mit Isolde Buttermann zu treffen, um die Fotos zu machen.

Er freute sich bereits auf die Reaktion von Frau Buttermann über sein Geschenk, das er ja aus der Redaktion der Zeitung für sie mitbrachte. Das war endlich einmal etwas, was einfach nur positiv war und garantiert Freude und Glücksgefühle verbreiten würde, dachte er leise vor sich hin lächelnd und schlug bereits das Lenkrad ein, um einzuparken.

***

5

Während Jochen Fritsch noch auf dem Weg zur Klinik unterwegs war, klingelte bei seiner Verlobten Pia das Handy und sie begann es unter ihren Unterlagen auf ihrem großen Home Office - Schreibtisch zu suchen.

Als freiberufliche Designerin für ein bekanntes Modelabel arbeitete sie fast ausschließlich von zuhause aus, weil ihr Auftraggeber dadurch die Kosten für ihren Arbeitsplatz einsparte.

Früher hatte sie bereits zweieinhalb Jahre in deren hipp designten Bürokomplex in der Innenstadt gearbeitet, wo sie an einem riesigen halbrunden und hoch weiß lackierten Schreibtisch arbeitete, der nur durch graugepolsterte Stellwände von den Arbeitsplätzen der anderen Kollegen abgetrennt war.

Das miefige Raumklima und die häufige »Abkupferei« durch ihre Kollegen empfand sie dort als sehr lästig, sowie die Tatsache, dass sie jeden Morgen und Abend mindestens jeweils eineinhalb Stunden im Stau durch die Stadt benötigte. Deshalb hatte sie ihrem Chef vorgeschlagen, vom Home Office aus zu arbeiten, was diesem offensichtlich so sehr gefiel, dass er ihrem Wunsch sofort »grünes Licht« gab.

Das klingelnde Handy ertastete sie dann auch relativ schnell unter dem großen Stoffprobenbuch und sah, dass es ihre Eltern waren.

»Ja, bei der Arbeit«, meldete sie sich fröhlich, denn sie hätte sonst später sowieso dort anrufen müssen, was die beiden ihr damit jetzt bereits abnahmen.

»Hallo ihr Lieben, wie geht´s bei Euch?«, fragte sie ihren Vater mit liebevoller Stimme.

»Hallo meine Kleine«, erwiderte ihr Vater, »ich wollte nur mal deine Stimme hören und nachfragen, ob es dir gut geht.«

Ohne ihre Antwort abzuwarten, machte er sofort das, was er meistens machte, er stellte ihr eine Frage.

»Sag mal, hast Du gestern im Fernsehen mitbekommen, dass sich angeblich der amerikanische Präsident in Hongkong mit diesem Russen treffen will, um gemeinsam über das weltweite Klimaproblem zu reden? Ich denke, dass die beiden vielleicht etwas anderes aushecken wollen. So etwas, wie sich zusammen zu tun, um verschiedene Kontinente und sich dann gemeinsam als Löser globaler Probleme zu rühmen, um sich danach selbst dann als »Weltpolizei« zu deklarieren, um dann freie Hand zu haben, um unseren Planeten zu »domestizieren.«

Pia holte tief Luft, überlegte dabei, was sie dazu sagen sollte und antwortete dann gelassen:

»Weißt du, ich finde es, erst einmal wichtiger in unserem eigenen Land zu gucken, damit wir es schaffen die Missstände in unseren Schulen und Kindergärten zu beheben. Die Schulen haben keine funktionierenden Toiletten und kein Unterrichtsmaterial und sogar Unterrichtsräume, in denen es durchregnet und wo dadurch die Gefahr besteht, dass die Decken herunterkommen. Es sollte doch wohl in unserem reichen Land möglich sein, dies abzustellen und in unser aller Zukunft zu investieren. Wir füttern ja auch bereits die Flüchtlinge aus diversen und weit entfernten anderen Ländern mit durch. Also ist doch Geld vorhanden.«

»Ja, da hast du natürlich absolut recht«, antwortete ihr Vater spontan. »Aber das muss die Politik ableisten«, antwortete er in einem vorwurfsvollen Ton.

»Diese Politiker erhalten extrem viel Geld für ihre Arbeit, da kann der Steuerzahler wohl erwarten, dass die sich die Zeit nehmen, um die Steuergelder sinnvoll auszugeben und nicht irgendwelche Zuschüsse für elektrisch fahrende Automobile, für die es überhaupt noch nicht einmal ausreichende Ladestellen gibt, zu bewilligen. Gesunder Menschenverstand und das richtige Augenmaß für die aktuellen Prioritäten im eigenen Land, verlieren da anscheinend gegen unsere Ambitionen, uns nach außen als Wohltäter der Welt darstellen zu wollen. Diese Kinder werden dann nämlich durch ihre späteren Steuern und Beiträge, die sie zu zahlen haben, dafür sorgen müssen, dass auch wir noch eine Rente beziehen können. Nach der nicht verfassungsmäßigen Plünderung der Rentenkassen vor einigen Jahren gibt es die gesetzlich fixierten erforderlichen Rücklagen für die jeweils nächsten drei Jahre, nicht mehr. Diese Gelder liegen jetzt sozusagen auf unseren Straßen. Du kannst dich doch sicher noch daran erinnern: früher haben fünf Beitragszahler einen Rentner mit ihren Beiträgen sozusagen finanziert. Danach war das Verhältnis eins zu eins. Ein Arbeitnehmer musste mit seinen Beiträgen einen Rentner finanzieren. Wie es jetzt damit aussieht, erfährt man überhaupt nicht mehr.«

Er holte kurz Luft und bevor er weiterreden konnte, unterbrach ihn Pia mit den Worten:

»Papa, ich muss dich jetzt leider unterbrechen, ich muss noch schnell meine Arbeit fertigstellen, für meinem Chef, der das heute noch braucht, sonst bekomme ich Ärger. Lass uns bitte morgen weiterreden.«

Ihr Vater seufzte ergeben und erwiderte:

»Na gut, meine Kleine, dann telefonieren wir eben morgen miteinander. Kuss auch von Mama für Dich«, und legte auf.

Pia atmete einmal tief durch, trank ein paar Schlucke Wasser und machte sich wieder an die Arbeit, um rechtzeitig vor ihrem heutigen geplanten Kinotermin damit fertig zu werden und sich vorher noch umziehen und hübsch machen zu können.

Sie hatte sich kaum gesetzt, als die Türklingel nachdrücklich anfing zu klingeln. Ihre Stirn runzelte sich verärgert und sie überlegte, wer sie denn jetzt wohl wieder stören würde, und sprang dabei bereits so schwungvoll von ihrem Arbeitssessel auf, dass dieser durchs halbe Zimmer gegen den kleinen Beistelltisch aus Glas donnerte. Ein merkwürdiges Geräusch folgte sofort danach. Die auf dem Tisch stehende, große Karaffe mit Wasser und den, sich wegen der Schwingungen darin befindliche Halbedelstein, war zu Boden gegangen und hatte dadurch eine riesige Sauerei auf ihrem Parkett verursacht. »Moment«, schrie sie in Richtung Tür, rannte ins Badezimmer, riss das Badetuch vom Haken und warf es gekonnt über die Sintflut auf dem Parkett.

»Ich komme sofort«, rief sie unterdessen in Richtung Haustür, vor der wahrscheinlich der Postbote stand.

Dann rannte sie in einem olympiaverdächtigen Tempo zur Haustür und riss dem Postboten ein großes und schweres Paket mit den von ihrem Chef bereits telefonisch avisierten neuen Stoffproben aus den Armen, bedankte sich mit einem gehetzten Lächeln und schloss die Tür mit ihrem rechten Fuß. Das Paket ließ sie auf das Sofa fallen und kümmerte sich sofort um das Wasser auf dem sogenannten Parkett, das aus schlicht gehobelten Dielenbrettern bestand und nicht verfugt war.

So lief jetzt das Wasser in den Hohlraum der Zwischendecke, des eigentlich alten Hauses, das nur optisch aufgewertet worden war.

Das Optiker-Geschäft, das sich im Parterre des Hauses direkt unter ihrer Wohnung befand, hatte jetzt garantiert schon Wasser in seinen Lampen und vielleicht auch schon auf den sündhaft kostspieligen Augenuntersuchungsgeräten. Ihr war das gleiche nämlich bereits mit nur einem Glas Wasser passiert und sie konnte sich erinnern, dass damals dieses bisschen Wasser bereits aus deren Deckenlampen tropfte und sie sofort einen hektischen Anruf von unten bekam.

Sie hatte nämlich in diesem Jahr dummerweise auf den Rat eines so genannten »Versicherungsfuzzis« gehört und ihre Hausratversicherung gekündigt, denn der »Experte« meinte, für sie dadurch eine Einsparung herausholen zu können, und hatte ihr stattdessen irgendeine andere Versicherung mit Geldanlagecharakter verkauft.

Aber egal jetzt, sie musste nun erst noch die Entwürfe für die drei Abendkleider kreieren und fertigstellen, dann erst ginge es ins Kino mit Jochen, für den sie sich auch noch »anhübschen« wollte, denn sie musste ihm ja leider auch noch eine nicht sehr erfreuliche Neuigkeit »beipulen« und das würde ihn mit Sicherheit ordentlich aus den Puschen hauen und ihn auch sehr wahrscheinlich deprimieren. Bei diesem Gedanken musste sie selbst schlucken und ihre Tränen zurückhalten, denn auch für sie persönlich war diese Tatsache ein absolutes »Waterloo«, denn gestern bei ihrem Frauenarzt, teilte dieser ihr mit, dass sie aufgrund einer früheren Kinderkrankheit keine Kinder bekommen konnte. Bei dem Gedanken daran musste sie zweimal tief Luft holten und schüttelte sich energisch. Sie setzte sich wieder an ihren Schreibtisch, nahm ihre Zeichenutensilien in die Hand und setzte ihre Arbeit fort.

***

6

Zu genau diesem Zeitpunkt des Tages fiel dem Zeitungschef der örtlichen Tageszeitung, Egon Hammerschmidt, der noch auf die Bilder und den Bericht von Jochen Fritsch warten musste, ein , dass er ja dadurch jetzt genug Zeit hätte, um endlich mal wieder ausführlich mit seinem alten Freund, dem Bibliothekar Paul Irwing, genannt Paule, zu telefonieren. Mit ihm telefonierte er immer sehr gern, weil sie gegenseitig gesicherte Informationen austauschen und darüber ausführlich diskutieren konnten und auch noch gemeinsam politisierenden beziehungsweise prognostizieren konnten. Dabei ergaben sich immer beziehungsweise meistens neue Denkansätze für das, was sie unter sich als »Politikverbesserung und Weltverbesserung« bezeichneten. Nichts und niemand aus dem regionalen und beziehungsweise oder dem überregionalen europäischen und anderen zivilisierten Ländern, wurde dabei ausgelassen. Das Spektrum ging von Tagesnews über Sterbefälle bekannter und auch nicht so bekannter Menschen bis hin zu politischen Strategiemustern diverser ausländischer Regierungschefs. Also nahm er jetzt gut gelaunt den Telefonhörer in die Hand und rief seinen Freund an. Das Freizeichen tönte in seinen Ohren und er wartete geduldig, bis sich die bekannte und vertraute Stimme mit den Worten »Na, alter Gauner, wie geht´s bei dir zurzeit und was gibt es so Neues?«, meldete.

»Bestens, alter Besserwisser, ich warte grad gespannt und etwas ungeduldig auf die Fotos meines Reporters, der zur Zeit eine fast unglaubliche Story im hiesigen Krankenhaus fotografiert und dokumentiert, damit ich diese heute Abend noch - mit allen Ausschließlichkeitsrechten - mit in den Druck für die morgige Tageszeitung nehmen kann.«

Auf die Nachfrage seines Freundes, um was es denn dabei genau ginge, entgegnete er diplomatisch:

»Du weißt doch, dass wir Journalisten etwas abergläubisch sind und nichts rausgeben, bevor wir bei einer Spitzenstory die nachprüfbaren Fakten und Fotos in der Hand haben. Wir sind ja hier nicht die größte deutsche Tageszeitung, die immer als erste mit den Toten spricht und die ja in Deutschland fast gar keiner liest, beziehungsweise es nicht zugibt, dass er das tut. Also halte ich jetzt zunächst mal meine große Klappe. Sobald ich die Fakten habe und der Artikel in den Druck geht, dann rufe ich sofort bei dir an und werde dir alles haarklein berichten.«

Er konnte beinahe körperlich fühlen, dass sein Freund Paule jetzt extrem neugierig und ungeduldig war, dies aber niemals laut kommunizieren würde.

»Na gut,« knirschte sein Freund süffisant durch den Hörer zurück, »ich werde dann eben jetzt«, lautlos klagend, »meine Ungeduld zügeln und auf deinen nächsten Anruf warten.«

Dann vernahm Hammerschmidt nur noch ein Tuten im Hörer und realisierte, dass er seinen alten Freund wohl etwas zu sehr geneckt hatte und nahm sich vor, beim nächsten Anruf nicht nur ausführlich zu berichten, sondern auch besonders nett zu sein und ihn zu einem Bier in der kleinen Kneipe neben der Redaktion einzuladen.

Um seine Wartezeit auf die Bilder seines Reporters Jochen Fritsch zu überbrücken, entschloss sich Hammerschmidt, dessen Chef er war, dazu, selbst eine Hintergrundrecherche über diese Frau Isolde Buttermann zu machen. Es interessierte ihn persönlich, was das für eine Frau war und ob ihr Leben sie in einer besonderen Art und Weise geprägt hatte, die sie dazu veranlasst haben könnte jetzt dieses »Experiment der besonderen Art«, mit ihrem Ehemann durchzuführen.

Dazu recherchierte er im Netz über alle Kanäle, die ihm als Chefredakteur einer Zeitung zugänglich waren.

Das reichte von Zeitungsarchiven, Geburts- und Personenstandsregistern über Schulabschlussdokumente, Strafzetteln, Bonitäten und auch Lebensläufen, die sie zu Bewerbungszwecken via E-Mail verschickt hatte.

Ja, jeder Mensch war jetzt bereits, sowohl theoretisch, als auch praktisch gläsern, wenn man wusste, wie und wo man recherchieren musste.

So fand er schnell heraus, dass diese Frau als älteste von insgesamt drei Kindern in eine sogenannten gehobenen Mittelstands-Familie hinein geboren wurde und in dieser Familie bereits mit elf Jahren voll als Hausfrau und Ersatzmutter für die jüngeren Geschwister agieren musste, da beide Elternteile in Vollzeit arbeiteten.

Ihre Mutter hatte einen Handwerksbetrieb und ihr Vater war ein Angestellter, der nur an den Wochenenden daheim war, weil er in einem zweihundert Kilometer entfernten Unternehmen arbeitete. So war Isolde Buttermann dadurch offensichtlich früh in die Verantwortung genommen und eigentlich ja sogar ausgebeutet worden.

Sie hatte es trotzdem geschafft das Abitur zu machen und war dann, bereits am Folgetag des bestandenen Abiturs, aus dem Elternhaus ausgezogen.

Sie hatte sich auf eigene Beine gestellt und in einer sehr weit entfernten Großstadt zunächst einen Aushilfsjob angenommen, sich dann dort für ein Fachhochschul-Studium qualifiziert und dieses auch abgeschlossen. Der Spitzname, den ihre Studienkollegen ihr gaben, lautete übrigens »Kugelblitz«, weil sie etwas pummelig war, wie ihr ein Kollege einmal heimlich steckte.

Das veranlasste sie wohl dazu, sofort etwas zu unternehmen, denn ein halbes Jahr später sah sie auf dem Abschlussbild dieses Jahrgangs gertenschlank aus, ihr Spitzname hatte sich inzwischen zu »Easy« gewandelt, weil ihr alles leicht von der Hand ging und sie für fast alles spontan Lösungen und Alternativen anbieten konnte und diese auch stets umzusetzen wusste.

Später gab's anscheinend einen Berufswechsel in ein anderes Fachgebiet und in ein anderes Unternehmen. Nebenbei bekam sie zwei Kinder, wobei sie sich gleich sterilisieren ließ, was sie wahrscheinlich machte, um nicht ständig Chemie schlucken zu müssen.

»Sehr vernünftig«, bewertete Hammerschmidt lautlos für sich diese Information.

»Ah ja, nun bringt das alles Sinn«, dachte er nun laut vor sich hin. Deswegen musste jetzt also dieses Experiment mit dem neuen Ehemann her, um dessen weiteren Kinderwunsch zu erfüllen. Diese Frau hatte offensichtlich »Eier in der Hose« wie man so sagt und wusste sich sowohl zu helfen als auch durchzusetzen.

Vielleicht wäre es eine gute Idee, wenn er Jochen auftragen würde, diese Lady dazu zu bringen, ein Buch über ihr Leben und Wirken zu schreiben. Da würden garantiert noch viele weitere Ideen und interessante Visionen bei herauskommen, die sie dann exklusiv in seiner Zeitung veröffentlichen könnte und damit würden die Auflagezahlen seiner Zeitung garantiert wie eine Rakete nach oben gehen, was ihm selbst wiederum mehr Anzeigenkunden brächte und also mehr Geld in die Kasse spülen würde.

Bei diesem Gedanken lehnte er sich genüsslich nach hinten in seinem Bürosessel und sah sich in Gedanken bereits mit einem »aufgepimpten«, knallroten Ferrari durch »seine« kleine Stadt promenieren.

Vielleicht könnte er ja auch noch mehr aus dieser Story herausholen, er würde sich am Wochenende mal allein auf seinen Balkon setzen und versuchen ein entsprechendes Konzept zu erarbeiten. Seine Ohren hörten Hartgeld klimpern und seine Augen sahen Bündel von fünfhundert Euroscheinen vor sich. Er grinste zufrieden, bis ihm plötzlich einfiel, dass es diese ja jetzt gar nicht mehr gab. Wie unpraktisch, wie sollte man denn mit den piffigen zweihundert Euroscheinen einen auf »dicke Hose« machen. Das machte ja gar keinen Spaß und schon gar keinen Eindruck.

Das Klingeln seines Telefons riss ihn aus dieser Träumerei heraus und er schaute aufs Display, erkannte dass es einer seiner Anzeigenkunden war, weshalb er sofort abhob und sich freundlich mit seinem Namen meldete. Diese Anzeigen nahm er derzeit immer selber an, damit er die Kontrolle behielt, denn er traute seinem diesbezüglichen Angestellten nicht sehr viel zu. Der hatte manchmal kleine Blackouts, wohl durch seinen Haschischkonsum, wie er vermutete beziehungsweise unterstellte. Vielleicht war er aber auch einfach nur nicht besonders gut ausgebildet im Umgang mit Kunden. Vielleicht sollte er ihm einmal einen geeigneten Weiterbildungslehrgang ans Herz legen, beziehungsweise ihn dazu verdonnern. Aber wo, recherchierte sein Gehirn sofort und es tauchten vor seinem inneren Auge mindestens sieben verschiedenen Institute mit entsprechenden Angeboten auf. Alle irgendwie renommiert, aber mit unterschiedlichen Vorgehensweisen, die man dann aber dort nicht wirklich ausprobieren, das heißt, anzuwenden, und umzusetzen lernten. Das wäre dann eine Geldausgabe ohne sicheren Erfolg. Er seufzte vor sich hin und beschloss spontan, dass er dies wohl selber tun müsste.

Er würde ihn für jeweils eine Stunde am Tag, in dem Zeitfenster, in welchem sich üblicherweise Kunden meldeten, neben sich sitzen lassen und er müsste dann zuhören und alle Gespräche auf seinem Handy mitschneiden. Dann würde er ihn dazu verdonnern eine Analyse, also die wichtigsten Aussagen, die er den potenziellen Kunden lieferte, herauszufiltern und per Hand aufzuschreiben. Dann sollte er an seinem Arbeitsplatz eine Analyse beziehungsweise eine Auflistung der Reihenfolge der Argumente in diesen Gesprächen aufschreiben. Danach würde er dann selbst den Kunden spielen und sein Angestellter sollte den Vorgang der Anzeigenannahme ausprobieren. In dieser Spielsituation würde er es sicherlich hinbekommen ihn direkt lernen zu lassen, was bei Kunden ein ja oder ein »ich überlege mir das noch mal genau und melde mich wieder« auslöste.

Diesen Ansatz schrieb er sich nun selbst sofort als wichtiges Memo auf und ergänzte es um die Worte: »ab morgen umzusetzen.«

Zeitgleich mit seiner Zufriedenheit kam spontan ein Gefühl in ihm hoch, dass er es eigentlich satt hatte, ständig nur unter Druck zu stehen und jede Menge Verantwortung tragen zu müssen.

Vielleicht wäre es doch eine bessere Wahl, Kinder zu bekommen und zu erziehen, als sich als Ernährer, Beschützer, Verantwortlicher und häuslicher Rasenmäher-Chef durchs Leben zu kämpfen.

Noch war er nicht verheiratet, er könnte es ja vielleicht selbst mal ausprobieren, wie es wäre, selbst ein Kind auszutragen und den Hausmann zu geben. Seine Gehirnzellen fingen plötzlich an auf Zickzackkurs zu laufen, weil er selbst noch Schwierigkeiten mit seiner Vorstellung dieses ungewöhnlichen Szenarios hatte. In seinem Kopf hörte er plötzlich das Lied von Peter Maffay: »Über sieben Brücken musst du gehen« und schwelgte einen kleinen Moment in diesem Lied und der damaligen Zeit.

Solch ein Projekt müsste also vorher anständig geplant werden. Wie sähen denn jetzt diese sieben Brücken aus, die überwunden sein wollen?

Die Uhr an der Wand seines Büros zeigte die volle Stunde und das Radio brachte in der Nachrichtensendung einen kurzen Bericht über Tierrechte in Verbindung mit diesen skandalösen Vorgehensweisen von Hühnerzüchtern, die nur weibliche Tiere wollten und die männlichen Küken einfach schredderten.

Was zum Teufel ging in unserem Land vor? Wo blieb der Tierschutz und waren männliche Küken etwa nichts wert? Die könnte man doch aufziehen und irgendwann dann schöne halbe Hähnchen aus ihnen machen. Dadurch hätten sie vorher noch eine gute Lebenszeit und müssten dann zumindest nicht sinnlos sterben, denn sie könnten Menschen ernähren.

Er runzelte verärgert die Stirn und ihm fiel noch mehr von dem Wahnsinn ein. Die Schweine beziehungsweise Säue, die im Stall zwischen zwei Metallzäunen so eng eingesperrt und hingelegt wurden, dass ihre Ferkel vor diesen Käfigboxen stehen müssen und von dort aus versuchen ihre Muttermilch zu bekommen. Sind wir Deutschen nicht eigentlich Monster, wenn wir so etwas machen, beziehungsweise zulassen? Es ginge doch auch anders. Das Fleisch und die Wurstwaren wären dann vielleicht ein kleines bisschen teurer, aber das würden die meisten Menschen wahrscheinlich nicht einmal bemerken, beziehungsweise garantiert billigend hinnehmen.

Ziemlich wahrscheinlich ging es wieder nur um Gewinnmaximierung und Börsenkurse. Wie beschämend und unwürdig für ein angeblich so hochkultiviertes Volk wie die Deutschen. In Dänemark betäube man die Schweine zumindest mit einem harmlosen Gas, bevor sie getötet und geschlachtet wurden. Können wir uns das in Deutschland nicht leisten oder sollen wir als Volk wieder einmal abgehärtet und damit quasi vorbereitet werden auf noch schlimmere Taten?

Bei diesem Gedanken fühlte Hammerschmidt plötzlich ein Frösteln auf seinen Schulterblättern, das sich schnell bis auf seinen Rücken ausweitete. Bilder tauchten vor seinen Augen auf, die ausgemergelte Körper und.. - da klingelte plötzlich sein Handy-Alarm und erinnerte ihn an die pünktliche Einnahme seiner Blutverdünner, die er seit einem Jahr einnehmen musste.

Das sei vorbeugend notwendig ab einem gewissen Alter bei stressigen Berufen, hatte ihm sein Hausarzt genau erklärt, um nicht später einem Herzinfarkt zum Opfer zu fallen. Das würde sicherlich schon stimmen, denn sonst würde seine Krankenkasse das ja wohl auch nicht bezahlen.

Er hatte nicht einen Moment Zweifel an dieser Aussage seines Arztes und ihm kam auch nicht in den Sinn, dass Ärzte verdeckte Provisionen von der Pharmaindustrie bekamen, wenn sie bestimmte Medikamente verordneten und mit dem Motto »Viel hilft viel« agierten.

So schluckte er also jetzt ganz brav seine Tabletten, spülte mit einem halben Glas Wasser nach und schüttelte sich danach angewidert.

Er öffnete das Fenster seines Büros komplett, um frische Luft zu bekommen und sich besser zu fühlen. Was hereinkam, war aber nicht der erwartete frischer Sauerstoff, sondern ein Schwall verschiedenster Gerüche nach warmer Suppe, Kraftstoff und anderen Essensgerüchen, der auch noch jede Menge Geräusche mit sich führte. Das erinnerte ihn augenblicklich an seinen Aufenthalt in Hongkong, wo er letztes Jahr am internationalen Verlegerkongress teilgenommen hatte.

Was für ein Aufstand das gewesen war, um außerhalb des Kongresshotels dort auch nur ansatzweise irgendwie klar zu kommen. Kein Wort zu verstehen, kein Schild, geschweige denn irgendetwas anderes lesen zu können, weil nur merkwürdige Schriftzeichen zu sehen waren und Menschen, die einen nicht ansahen, sondern höflich ihre Schlitzaugen in Richtung Erdboden senkten und ebenfalls nichts verstanden.

So hilflos mussten sich sicher auch die Immigranten aus anderen Ländern bei uns in Deutschland fühlen. Kein Plan von nix, besser gesagt, von gar nix. Dafür aber unsere misstrauischen und meist gleichzeitig abschätzig blickenden Augen von vorn und von hinten. Zusätzlich unsere verdeckte Missbilligung und das sichern unserer Aktentaschen beziehungsweise Handtaschen. Eine Vorverurteilung ohne dafür eigentlich einen Grund zu haben. Der Begriff »Gastfreundlichkeit« findet bei uns wohl nur für selbst eingeladene Gäste Anwendung, dachte er und bemerkte jetzt wieder das Frösteln, das ihn auch bei dem Gedanken an die geschredderten männlichen Küken überkommen hatte. Die könnte man doch zu Hähnchen aufwachsen lassen und dann verkaufen. Die meisten Deutschen aßen gerne halbe Hähnchen vom Grill, also stellten doch auch diese männlichen Küken einen wirtschaftlichen Wert dar.

Warum wurden also zum Teufel diese Grausamkeiten begangen? Kopfschüttelnd nahm er sich vor, mit seinem Freund Paule darüber zu sprechen.

Vielleicht sollte er sich in seiner Zeitung einfach mal »aus dem Fenster hängen« und sich dazu äußern und Stellung dazu beziehen. also einen Kommentar dazu schreiben. Diese Überlegung heiterte ihn auf und es kam ihm gleich die nächste Idee dazu. Er könnte seinen Reporter Fritsch zu solch einem Hühnerhof mit einer verdeckten Kamera hinschicken und ihn dort filmen lassen und seine Eindrücke aufschreiben lassen.

Er würde in seiner Zeitung eine neue Rubrik einfügen, die den Titel »Der Aufreger der Woche« heißen könnte.

Er würde zu diesem Zweck eine gesonderte neue Emailadresse für seine Zeitung einrichten, auf der seine Leser und auch die anderen Einwohner dieser Stadt, auf solche und andere Missstände im hiesigen Landkreis aufmerksam machen könnten. Je nach Art und Priorität könnte er - beziehungsweise seine Zeitung - dann darüber berichten und die allgemeine Öffentlichkeit darüber informieren.

Diese Idee gefiel ihm, auch aus auflagetechnischen Gründen - außerordentlich gut und er beschloss spontan sich einen Cappuccino und ein Softeis zu besorgen, um diese wirklich supergute Idee mit sich selbst zu feiern. Beschwingt, weil zufrieden mit sich selbst, rief er in der kleinen Cafeteria um die Ecke an, bestellte sich beides und bat um Lieferung, da er ja die Stellung halten musste.

Die Cafeteria belieferte gern, da er stets Trinkgeld gab und sie in seiner Zeitung regelmäßig inserierten und dadurch wiederum von ihm einen Rabattpreis erhielten.

»Manus manum lavat«, dachte er und lächelte leise vor sich hin. Das war schon immer eine wichtige Weisheit des Lebens: »Eine Hand wäscht die andere«.

Von der Bundesnachrichtenagentur gab es schon wieder Neuigkeiten aus Amerika, die soeben herein flatterten:

Nach einem Bericht der New York Times habe »Tucker Carlson« - einer der bevorzugten Moderatoren des Präsidenten vom TV-Sender »Fox News« - den Präsidenten vom Abbruch eines Gegenschlags überzeugt.

Er habe dem Präsidenten angeblich klar gemacht, dass es »verrückt« wäre, auf die Provokationen des Iran mit einem eigenen Militärschlag zu reagieren. Falls er das durchzöge, könne er die Chancen auf seine Wiederwahl als US-Präsident im kommenden Jahr begraben. Der Präsident sei dieser Argumentation gefolgt. Aber diesem Schlitzohr fiel dann etwas anderes dazu ein, denn er ließ einen Cyberangriff auf den Iran starten.

Welch ein irre guter Einfall. Dieser Junge war ein echt schlaues Schlitzohr und immer für eine Überraschung gut. Das musste man ihm einfach lassen, aber vielleicht war das auch ein Einfall seiner Berater gewesen. Das würde man hier in Deutschland leider kaum herausbekommen können, wie schade aber auch. Aber die Bundesnachrichtenagentur würde sicherlich weiterhin zeitnah und gut recherchiert berichten.

Hammerschmidt entschloss sich also kurzerhand, diese Meldung mit einem kurzen eigenen Kommentar selbst mit für seine Zeitung zu übernehmen. Vielleicht mit einem dazu passenden Bild auf der ersten Seite. Die erste Seite einer Zeitung verkaufte nämlich immer die Zeitung an Nicht-Abonnenten. Der Präsident war offensichtlich durch seine, nicht einschätzbare Art, für viele Menschen interessant und, um sich darüber zu informieren, nahmen sie meist an Bahnhofskiosken etc. morgens fix eine Zeitung mit. Dann waren sie am Arbeitsplatz bereits gut informiert und konnten mitreden; denn Deutsche finden das anscheinend wichtiger, als sich morgens ein richtiges Frühstück zu gönnen. So griff er schnell entschlossen nach seiner Tastatur und erstellte leichtfüßig den Leitartikel für die morgige Ausgabe der Zeitung.

Er war grad bei seiner letzten Zeile, als Fritsch, der Reporter, mit seinen Fotos direkt von der heutigen Demonstration in der Tür der Redaktion auftauchte. Kleine Schweißtropfen rollten ihm rechts und links an den Schläfen herunter und er sah leicht groggy, aber auch zufrieden aus. Er legte seine Kamera vorsichtig auf seinen Schreibtisch, zog die Speicherkarte heraus und legte diese, mit den Worten:

»Hier Chef, die gewünschten Aufnahmen von der Demonstration.« Dann ließ er sich mit einem lang gezogenem Ächzen auf seinen Bürostuhl plumpsen und ergänzte: »das war vielleicht heiß und eng dort.«

»Die Kameraausrüstung musste ich mir sicherheitshalber vor den Bauch hängen, damit sie nicht beschädigt beziehungsweise geklaut werden konnte; aber ich habe jetzt Bild und Ton - wie gewünscht - für Sie«, beendete er stolz seinen Satz und wischte sich mit einem grün karierten Stofftaschentuch, das an ein Geschirrtuch erinnerte, über sein Gesicht und die verlängerte Stirn, doch auf seinen roten Igelhaaren schimmerte es aber immer noch leicht feucht.

Sein Chef Hammerschmidt hatte die versteckte Botschaft verstanden und telefonierte nochmals schnell mit der Cafeteria und verdoppelte den bereits gegebenen Auftrag.

Fünf Minuten später klingelte es dann auch wirklich an der Tür und ein Angestellter der Eisdiele stellte ihm freundlich ein Tablett mit zwei Bechern Cappuccino und zwei Softeis in der Waffel in einem kleinen Doppelständer auf seine beiden Handflächen und zog dann lächelnd, mit den Worten »Guten Appetit«, die Tür leise von außen zu.

Hammerschmidt stellte das Tablett ganz behutsam auf die Schreibtischplatte und machte mit der rechten Hand eine Bewegung in Richtung Jochen Fritsch, die diesen dazu aufforderte, sich zu bedienen. Fritsch griff zu und beide schlabberten schweigend und mit hörbarem Genuss ihre Softeis und die Cappuccini.

Fritsch schien jedoch mit seinen Gedanken irgendwo anders unterwegs zu sein, zumindest kam es seinem Chef so vor, und so fragte er nach: »Was beschäftigt Ihren Kopf denn grade« und ergänzte »ich fühle, dass da etwas ist, was Sie soeben beschäftigt.«

Im Raum war es nun auf einmal extrem still und Hammerschmidt überlegte, ob er nun warten, oder besser die gestellte Frage sachlich begründen sollte. Er konnte sich nicht recht entscheiden und beschloss daher, lieber noch einen kleinen Augenblick zu warten.

»Mir geht durch den Kopf, was im Leben eigentlich die höchste Priorität ist, beziehungsweise sein sollte«, erwiderte Fritsch nachdenklich und ergänzte: »jeder nach seiner Religion und seinen Vorstellungen, wissen Sie was ich meine?«

»Mhmm«, murmelte er, »ich glaube, da bin ich kein Spezialist. Ich habe mich damit noch nicht wirklich beschäftigt. Es gab noch keinen Anlass, der mich selbst betroffen hätte. Ich weiß nur, dass die Frauen aus religiösen Gründen in der Öffentlichkeit ein Kopftuch tragen müssen und dem Mann gehorchen sollten. Das ist schon alles. Ich glaube, um da etwas beurteilen zu können, muss man sich aufwendig mit dieser Religion beschäftigen.« Jochen Fritsch nickte nachdenklich mit dem Kopf und benötigte einen Moment, bis er äußerte:

»Ich glaube, so geht es den meisten Deutschen, aber darüber denken sie wohl nicht nach. So bleibt es leider bei Vorurteilen.«

»Ja, erwiderte sein Chef Hammerschmidt, da haben Sie wohl recht und die meisten Menschen haben oft auch so viel um die Ohren, dass sie sich damit nicht ernsthaft beschäftigen können oder wollen. Da ist es einfacher die Meinungen vermeintlich besser informierter Personen oder der Boulevard-Zeitungen zu übernehmen. Aber ich habe eine Idee, wenn bei uns mal nichts los ist, dann könnten Sie dieses Thema gern ausführlich recherchieren und wir veröffentlichen dann einen gut recherchierten und ausführlichen Bericht darüber in unserer Sonntags-Ausgabe. Was halten Sie davon?«

Fritsch legte seine Stirn in Falten und überlegte einen Moment, bevor er antwortete:

»Ja, ich denke, das wäre eine gute Idee. Dazu hätte ich echt mal Lust und es würde für mich auch wirklich interessieren, tiefer in dieses Thema einzusteigen und darüber zu berichten. Das wäre mal eine anspruchsvolle und wohl auch sinnvolle Aufgabe. Vorurteile und Unwissenheit zu beheben macht mir immer Spaß und ich lerne auch gern dazu.«

Hammerschmidt´s Blick fiel auf das linke Bürofenster des Raumes und er zeigte mit der linken Hand auf dieses Fenster, durch das er auf dem Dach des benachbarten Hochhauses einen Handwerker sah. Es war ein Zimmermann, der etwas reparierte. Dieser war komplett schwarz gekleidet und Hammerschmidt machte Fritsch darauf aufmerksam, indem er fragte:

»Was denken Sie, warum läuft der Kerl dort bei dieser Affenhitze in seiner schwarzen Zimmermannskluft herum? Der wäre doch mit heller Bekleidung viel weniger in Gefahr sich einen Hitzschlag zu einzufangen.«

Fritsch sah hin und nickte, »ja verstehe ich auch nicht. Die tun mir echt leid, aber ich denke, dass es etwas mit Tradition und Zunftstolz zu tun haben könnte. Es ist meines Erachtens typisch deutsch, sich an Traditionen zu klammern, statt pragmatisch zu handeln beziehungsweise zu agieren. Ich persönlich glaube, dass wir uns damit oft selbst im Weg stehen. Da sind in unserem Land zum Beispiel viel zu wenige Menschen da, die unsere Alten und Kranken pflegen können oder wollen. Warum bildet man also nicht konsequent geeignete Einwanderer, die dem Staat mit Sozialhilfe auf der Tasche liegen, zu Pflegern/Pflegerinnen beziehungsweise Pflegehelfern/Pflegehelferinnen etc. aus? Für Krankenhäuser könnte man das entsprechend genauso umsetzen.

Damit wäre allen geholfen und es gäbe auch wieder sozialen Frieden in unserem Land.«

Sein Chef nickte bejahend: »Ja, ich denke sogar, dass man dieses Prinzip auch für viele Lehrberufe anwenden könnte, denn nur ganz wenige deutsche Heranwachsende wollen noch in Lehrberufe gehen, beziehungsweise sich für diese ausbilden lassen. Sie starten lieber durch zu Jobs, die ihnen ermöglichen sofort finanziell unabhängig von den Eltern zu werden. Die Liga der Abiturienten ist da allerdings ganz anders unterwegs. Die lassen sich meist viele Jahre weiter von den Eltern durchfüttern, bis sie endlich ihr Studium abgeschlossen haben und dann erst anfangen in die Betriebe etc. zu gehen und Geld zu verdienen. Diejenigen, die nicht von den Eltern durchgefüttert werden, die haben es natürlich viel schwerer, denn sie müssen nebenbei auch noch jobben gehen. Vieles ist in unserem Staat nicht so wirklich optimal geregelt, finde ich. Neue Konzepte für die Zukunft sind dringend erforderlich«, und ergänzte dann nachdenklich, »die alten Konventionen sind heute ja bereits fast völlig sinnentleert. Menschen können jetzt bereits mithilfe der neuen Operationstechniken und Hormonen ihr Geschlecht verändern, beziehungsweise sogar Zwitter werden und noch mehr. Schauen Sie nur

»unseren« heutigen Vater der Zwillinge an. Ist das jetzt die sogenannte Gleichberechtigung oder ist es der Beginn einer Ära, die alles infrage stellt und bereit ist, wirklich alles zu verändern? So nach dem Motto: »Ich heirate morgen meinen Hund oder heirate ich lieber doch meine Kuh«? Das klingt zwar jetzt nur einfach witzig, aber da scheint die Tendenz hinzugehen. Ist das absolute Liberalität oder der Beginn des Rinderwahnsinns bei Menschen? Ich persönlich tendiere zur letzteren Variante. Jahrmillionen hat es benötigt, bis aus Einzellern Menschen entstanden sind und jetzt stellen sich die Menschen vor, sie könnten in einer Zeitspanne von wenigen Jahren »das Rad neu erfinden« und eine neue Art von Population erschaffen, die mittels unerprobter und »dubioser« Methoden quasi »neu erschaffen« werden soll.

George Orwell´s Roman »1984« ist damit verglichen, eine ziemlich reale Geschichte, deren Inhalt und Voraussage ja bereits fast komplett eingetreten ist und im Vergleich zu den jetzigen menschlich-wissenschaftlichen Vorhaben als völlig harmlos, aber richtig zu beurteilen ist. Darüber sind sich normale Menschen sicher nicht im Klaren, aber leider stimmt der Slogan »Big Brother is watching you« bereits komplett. Technisch ist das bereits alles möglich und wird auch umgesetzt, auch wenn es dafür vorher dafür noch so etwas, wie einer gerichtlichen Anordnung bedarf, die sich aber auch beschaffen lässt.« Fritsch sah ihn an und erwiderte, spontan und sichtlich überrascht:

»Mann, Chef, Sie sind ja noch heftiger mit Ihren Ansichten, als ich es bin. Das hätte ich gar nicht von Ihnen erwartet, aber es ist wirklich eine positive Überraschung für mich.«

Jochen Fritsch´s Augen fingen plötzlich an zu starren, und zwar nicht in Richtung seines Chefs, sondern in Richtung des Daches des eben bereits angeschauten Hochhauses. Seine gut geschulten Augen und ein offenbar guter Instinkt hatten ihn kurz dorthin blicken lassen und er sah, dass der eben noch von ihnen bestaunte Zimmermann, offensichtlich das Gleichgewicht verlor und dann direkt von der Kante des Daches, an der er sich soeben befand, kopfüber nach unten fiel. Fritsch schrie entsetzt auf, zeigte mit dem Zeigefinger auf das Dach und schrie seinen Chef an:

»112 anrufen, sofort. Dieser Zimmermann ist grad kopfüber vom Dach gestürzt. Sagen Sie gleich dazu: Arbeitsunfall, dann geht´s bei denen noch schneller und die bringen ihn auch sofort ins richtige Unfallkrankenhaus, das ist bei so 'nem Unfall extrem wichtig und kann lebensentscheidend sein«, erklärte er mit sehr überzeugender Stimme.

Überrumpelt und gehorsam führte Hammerschmidt blitzschnell diese Anweisung aus, ohne einen Ton von Unmut darüber, dass er angeschrien worden war. Im Gegenteil, er erklärte der Feuerwehr sogar noch den schnellsten Zufahrtsweg und dann plumpste er leichenblass von seinem Sessel direkt auf den Fußboden.

»Mist«, fluchte Fritsch laut, schubste den Stuhl weg und legte die Füße seines Chefs auf diesen Stuhl, damit das Blut wieder in dessen Kopf zurücklaufen konnte, und tätschelte dann gleichzeitig recht unzart dessen Wangen, damit er wieder aufwachte.

»Wie gut, dass ich diesen blöden Erste-Hilfe-Kurs mitgemacht habe«, murmelte er dabei laut vor sich hin.

»Aufwachen Chef, hallo, aufwachen, Sie können jetzt hier keinen Mittagsschlaf halten«, herrschte er ihn laut und befehlend an. Das schien zu helfen, denn er bemerkte, dass sich dessen Wimpern leicht bewegten. Mit deutlich sanfterer Stimme flüsterte er nun in dessen Ohr.

»Alles gut, Chef«, können Sie mich hören? Ich werde Ihre Füße jetzt auf einen Stuhl legen, damit das Blut wieder in Ihren Kopf laufen kann und Sie wieder auf die Beine kommen.«

Das Blinzeln wurde schneller und sein Chef öffnete langsam seine Augen. Er hatte noch einen »leichten Tunnel« in seinem Blickfeld und Hammerschmidt klimperte deswegen automatisch mit seinen Augenlidern, um wieder ein volles Sichtfeld zu erlangen.

Als er dann alles wieder sehen konnte, atmete er tief durch, um dann lautstark irgendetwas in französischer Sprache zu fluchen.

Fritsch schaute ihn verblüfft an, denn seine eigene Fähigkeit in der französischen Sprache beschränkte sich auf die circa zwanzig Worte, die man so benötigte, um sich was zu essen oder zu trinken bestellen zu können. So beschränkte er sich in dieser Situation darauf sehr erleichtert zu seufzen und seinem Chef ein Glas kaltes Wasser anzubieten.

Hammerschmidt nahm es dankend an, richtete sich auf und trank langsam und ganz vorsichtig das erfrischend kalte Wasser.

Dann begann er damit, sich genauso vorsichtig auf dem Boden aufzusetzen, um sich danach auf seinen Stuhl setzen zu können. Das gelang ihm aber nicht einmal ansatzweise, sodass Fritsch ihm dabei helfen musste. Als er dann wieder in seinem Bürostuhl saß, atmete er tief durch und bat Fritsch darum, ihm ein Handtuch aus der Herrentoilette zu besorgen und dieses vorher unter den kalten Wasserhahn zu halten. Fritsch vermutete, dass sein Chef sich wohl ein feuchtes, kaltes Handtuch auf seinen Kopf legen wollte. So spurtete er los, holte das gewünschte kaltnasse Handtuch, um ihm diesen Wunsch zu erfüllen. Als er damit ins Büro zurückkam, klingelte das Telefon auf dem Schreibtisch seines Chefs und er griff automatisch mit der freien linken Hand den Hörer und hob ihn ab.

Ein Anzeigenkunde wollte offensichtlich seine laufende Anzeige aktualisieren und auch leicht verändern lassen. Fritsch antwortete kurz und freundlich »Könnten Sie mir bitte Ihre Telefonnummer geben, damit Herr Hammerschmidt Sie etwas später zurückrufen kann? Er ist zurzeit in einer Besprechung außer Haus«, sagte Fritsch und bedankte sich noch freundlich für das Vertrauen und den avisierten Auftrag.

Anschließend nahm er wieder das nasse Handtuch, das er derweil auf dem Schreibtisch des Chefs zwischengelagert hatte, und reichte es seinem Chef, der sich sofort das nasse Tuch auf seinen Kopf legte und dabei erleichtert: »Danke Fritsch«, stöhnte.

»Sie haben jetzt auf jeden Fall was gut bei mir. Erinnern Sie mich bitte unbedingt daran, sobald es mal soweit sein sollte«, ergänzte er und wendete das Handtuch auf seinem Kopf.

Mit diesem fröhlich roten Frotteehandtuch auf seinen schwarzen Haaren sah Hammerschmidt ein bisschen aus, wie seine Oma bei der Dauerwelle, fand Fritsch, und grinste leicht vor sich hin. Er verkniff es sich jedoch diesen Kommentar laut auszusprechen und schaute stattdessen nebenbei aus dem Augenwinkel kurz auf die große Uhr an der Wand. Abrupt sprang er auf, denn es war schon ziemlich spät und er musste sich jetzt ja auch noch den Scheck für Frau Buttermann vom Chef aushändigen lassen.

»Chef, Sie müssen mir noch den Scheck für die Frau Buttermann mitgeben und ich werde derweil noch schnell die aktuelle Kurzmeldung über diesen Unfall des Zimmermanns vom Dach verfassen. Die kann dann auch noch in unsere heutige Ausgabe mit rein und Sie werden dadurch garantiert extrem viele Exemplare verkaufen. es wäre also sicher gut, die Auflage gleich entsprechend zu erhöhen.«

Ohne auf eine Antwort zu warten, griff er sich blitzschnell sein ziemlich großes Smartphone und verfasste binnen fünf Minuten den Text dieser Kurzmeldung über den Unfall. Dann sandte er diese seinem Chef via E-Mail zu. Er atmete tief durch und war nun sehr zufrieden mit sich und seiner Arbeit.

Dieser Kick, »Dinge« oder präziser: »Sachverhalte« zu ermitteln sowie deren Zusammenhänge und Konsequenzen herauszufinden, um dies dann danach alles zu einer guten schriftlichen und bildlichen Reportage zusammenzufassen, das war genau »sein Ding« und machte ihm Spaß - und ihn dadurch auch persönlich zufrieden mit seiner täglichen Arbeit.

»So Chef, jetzt sind Sie aber noch mal dran, stecken Sie mir bitte diesen Verrechnungsscheck für Frau Buttermann in einen Umschlag und geben sie ihn mir, damit ich ihn ihr nachher aushändigen kann.« Hammerschmidt schob ihm den, ja bereits vorbereiteten, Verrechnungsscheck, der schon in einem Firmenumschlag seiner Zeitung steckte, behutsam über den Schreibtisch zu. Dann holte er einen zweiten Umschlag aus seiner Schreibtischschublade, welcher den Vertrag, der die Ausschließlichkeitsrechte der Berichterstattungsrechte seiner Zeitung beinhaltete.

»Sie werden diese Frau Buttermann bitte von mir grüßen und ihr dann nahebringen, dass dieser Scheck für sie eine Beteiligung von der örtlichen Tageszeitung an den auf sie zukommenden Kosten für die nötige Erstausstattung der Zwillinge etc. darstellen soll. Dann erst bringen Sie ihr bitte nahe, dass wir dafür gern die Ausschließlichkeitsrechte der Berichterstattung über diese »Vater-Geburtsgeschichte« hätten. Sie vertraut Ihnen ja bereits und dadurch wird ja letztendlich sowohl ihr als auch uns geholfen. Also eine Hand wäscht damit die andere und beide Seiten dürfen sich gut damit fühlen!«, beendete er seine Erklärung mit einem zufriedenen Ton in seiner Stimme.

Fritsch erwiderte ganz leicht grinsend: »Danke Chef, das hätte ich wirklich nicht besser formulieren können«, er griff gut gelaunt die beiden Umschläge und verließ damit zum Abschied, die Umschläge wedelnd, schnellen Schrittes das Büro seines Chefs und machte sich damit auf den Weg zur Tiefgarage dieses Bürohauses, wo er vorhin ausnahmsweise mal einen freien Parkplatz für sein Auto hatte finden können. So wäre der Wagen jetzt zumindest nicht brütend heiß, das war doch schon mal klasse, dachte er so vor sich hin.

Als er unten ankam und die Türen des Fahrstuhls sich öffneten, blieb ihm vor Schreck fast das Herz stehen. Unmittelbar vor ihm starrten ihm circa zwanzig uniformierte Personen mit heruntergeklappten Helm-Visieren und jeder mit so etwas wie einem automatischen Sturmgewehr in den Händen, direkt ins Gesicht. Automatisch erhob er ganz langsam seine eigenen geöffneten Hände bis auf Schulterhöhe. Er wusste, dass diese »Jungs« bei solchen Einsätzen immer unter Hochspannung standen und dass eine einzige unbedachte schnelle Bewegung sofortige Reflexhandlungen auslösen konnten. Er kannte das aus Fernsehberichten über die Stadt Hamburg, als dort Krawalle waren und solche »Jungs« eingreifen mussten. Es war ihm zwar unklar, weshalb sie jetzt hier standen, aber er traute sich auch nicht zu fragen. Die Uniformierten bildeten jedoch sofort eine Gasse für ihn, bedeuteten ihm gleichzeitig die Richtung, die er jetzt einschlagen sollte und ließen ihn dann unbehelligt passieren.

Was er nicht wusste, war die Tatsache, dass es eine anonyme Bombendrohung gab und diese »Jungs« jetzt einfach ihren Job machen mussten.

»Schon sehr spannend«, dachte er, »wie man reagiert, wenn sich solch eine zufällige Konfrontation ereignete. Automatische Angst anstatt eines automatischen Sicherheitsgefühls, wo das wohl herkam beziehungsweise was man dann anscheinend automatisch dabei assoziierte, beziehungsweise unterstellte.«

Bei diesem Gedanken schüttelte er unbewusst seinen Kopf über sich selbst und rief sich selbst zur Ordnung. Dann marschierte er strammen Schrittes zu seinem Wagen und legte die beiden Umschläge für Frau Buttermann sofort ins Handschuhfach, damit sie nicht im Auto herumfliegen und Schaden nehmen konnten.

Mit Schwung stieg er ein und zündete sich zunächst eine Zigarette an, um ein bisschen herunterzukommen. Nach dem zweiten Zug klingelte schon wieder sein Handy. Er schaute drauf, wer das denn schon wieder wäre und sah, dass es seine Mutter war. Ihm schwante nichts Gutes, aber er nahm den Anruf natürlich trotzdem artig an und meldete sich mit »Hallo Mama, wie geht`s euch bei der Hitze?«

»Na ja, geht so, wir haben die Füße in Eimern mit kaltem Wasser, damit geht`s einigermaßen. Es ist nur etwas lästig, dass man jedes Mal aussteigen muss, um etwas heranzuholen oder wenn man etwas erledigen will.«

»Ach Du Scheiße«, entfuhr es ihm spontan. »Das ist ja oberlästig und auch noch rutschgefährlich dazu. Das geht doch so nicht, ich werde euch schnell mal so ein mobiles Klimagerät bestellen und liefern lassen. Das könnt ihr dann in jeden Raum, wo ihr euch aufhalten wollt, mitnehmen. Das ist keine große Sache, sondern nur praktisch und völlig einfach zu bedienen. Ich habe für Pia und mich soeben auch ein solches Gerät bestellt. Diese Affenhitze macht einen ja sonst völlig fertig.«

Seine Mutter quietschte vergnügt auf und entgegnete spontan, »Das ist ja toll. Erklärst du uns dann auch, wie das funktioniert? Wir haben´s doch nicht so mit dieser modernen Technik, weißt du doch.«

Jochen lachte sanft und versicherte ihr, dass er das gerne tun würde und dass es überhaupt keine schwierige Sache sei. »Du wirst es sofort begreifen, ich werde es dir vormachen und genau zeigen. Papa kann´s ja nicht mehr so gut behalten.«

»Stimmt genau!«, hörte er seine Mutter leise verschmitzt kichern. Er musste sofort mit kichern und ergänzte spontan »ich werde es dir auch noch ausdrucken und dann kleben wir diesen Zettel an die Kühlschranktür. Dann kann gar nichts mehr schiefgehen«, beendete er seinen Satz, schickte noch einen Kuss durchs Handy und legte auf. Danach fertigte er für sich ein kurzes Erinnerungsmemo an und speicherte dies, samt Erinnerungswiederholung, auf seinem Handy ab.

Jetzt konnte er sich wieder zu hundert Prozent ungestört seinem Tagesgeschäft widmen und das Handy würde ihn später erinnern. Elektronik konnte manchmal auch richtig hilfreich sein und nicht nur nervig und fehleranfällig.

***

7

Leicht beschwingt und voller Elan startete er seinen Wagen und machte sich auf den Weg zur Klinik, um diese Zwillingsgeschichte in Angriff zu nehmen.

Auf halber Strecke klingelte das Handy schon wieder und über den Autolautsprecher hörte er eine ihm nicht bekannte Stimme, die sich mit den Worten:

»Hallo, spreche ich mit Herrn Jochen Fritsch persönlich?« Bevor er auch nur »ja« sagen konnte, ergänzte der Anrufer schon: »Mein Name ist Professor Johannes Rübnitz aus der zuständigen Berufsgenosschenschaftsklinik. Ich wurde verständigt, dass Sie derjenige sind, der wohl den Unfall des Zimmermannes vom Hausdach gesehen und gemeldet hat. Könnten Sie mir genau beschreiben, wie sich der Sturz ereignete?«

»Ja klar«, erwiderte Fritsch und hielt auf einem Parkstreifen.

»Der Zimmermann stand am Rand des Daches und begutachtete wohl irgendetwas, was sich in diesem Bereich des Daches befand. Dann fiel er plötzlich ohne jeglichen sichtbaren äußeren Grund vom Dach. Er war die einzige Person dort oben und ich denke, er hat wahrscheinlich einen Hitzschlag erlitten, ist umgekippt und dadurch heruntergefallen. Auf jeden Fall ist er nicht selbst hinuntergesprungen. Also kein Selbstmordversuch, falls Sie das vermuten sollten. Ist Ihre Frage damit beantwortet, Herr Professor?«

Der Professor bejahte diese Frage, bedankte sich kurz und beendete das Gespräch mit einem lockeren »Tschüss«. Jochen Fritsch atmete tief durch und beschloss, sich auf dem Handy jetzt sofort eine »to-do-Liste« anzufertigen, um alles, was er heute noch zu erledigen hatte, zu erfassen und zeitlich zu koordinieren. Er hatte die Befürchtung, dass er sonst etwas vergessen könnte und das wäre nicht gut.

Dieser Tag, dachte er, hatte es irgendwie »in sich«, holte tief Luft, trank noch etwas Wasser aus seiner Mineralwasserflasche, die er im Auto liegen hatte und zündete sich eine Zigarette an, die er jetzt in Ruhe rauchen wollte. Nach dem zweiten Zug an seiner Zigarette klingelte schon wieder sein Handy. Er schaute drauf und sah eine Nummer, die er nicht kannte. So meldete er sich mit leicht genervter Stimme nur mit »Fritsch« und wartete dann still ab, wer da, was von ihm wollte:

»Hauptkommissar Hagedorn vom Morddezernat Bremen, spreche ich mit dem Reporter Jochen Fritsch persönlich?«

»Ja klar«, erwiderte Fritsch leicht ironisch,

»Sie haben doch meine Nummer gewählt, da ist das doch eigentlich klar.«

Er hörte Hagedorns Lachen und fragte leicht ironisch

»Was verschafft mir denn die Ehre von einem Kommissar angerufen zu werden? Ich kann mich nicht erinnern, jemanden ermordet zu haben«, scherzte er. Hagedorn schien wohl leicht irritiert zu sein, denn es dauerte einen Moment, bis er weiterredete.

»Ich habe von Erwin Müller, mit dem ich ab und zu zusammenarbeite, ihre Telefonnummer erhalten, weil ich in einem aktuellen Mordfall den Verdacht habe, dass der potenzielle Täter sich in ihrer Stadt aufhalten könnte.«

»Oh, je« erwiderte Fritsch leicht beunruhigt, aber ich kann Ihnen da leider nicht weiterhelfen, denke ich. Falls Sie ein Foto von diesem Menschen haben sollten, dann könnten Sie mir das aber gern per WhatsApp unter dieser Handynummer zusenden. Ich schaue mir dann das Foto genau an, und falls ich das Gesicht in unserer Stadt sehen sollte, dann werde ich Sie das sofort wissen lassen. So einen Typen, will doch niemand in der eigenen Stadt haben, den geben wir Ihnen dann gern wieder zurück«, ergänzte er scherzhaft und verabschiedete sich.

Noch nachdenklich riss er sich zusammen und überlegte, was er jetzt eigentlich als Nächstes tun wollte. Ach ja, ein Klimagerät für seine Eltern zu bestellen, das war jetzt dran. Er forschte im Internet nach und stellte fest, dass es zurzeit kaum Geräte zu kaufen gab, da die aktuelle Hitzewelle bereits die Lager geleert hatte.

Dabei bemerkte er, dass es gar nicht so einfach war, das passende Gerät herauszufinden. Es war anscheinend eine kleine Wissenschaft für sich und er musste sich sehr konzentrieren. Leicht verärgert durch die Suche und den Preis-Nutzen-Vergleich, benötigte er einige Zeit, um sich zu orientieren und zu entscheiden. Als er das richtige Gerät gefunden hatte, bestellte und bezahlte er dieses mobile Gerät, das sowohl kühlen und zeitgleich auch »Wind« erzeugen konnte, auch sofort online. Es lag ihm am Herzen dies schnell erledigt zu haben, da er wusste, dass seine Mutter, die zwar bereits dreiundsechzig Jahre alt war, immer noch gelegentlich unter diesen so genannten Wechseljahres-Hitzewallungen litt. Für sie wäre damit diese Affenhitze, also die derzeitigen hohen Außentemperaturen, wahrscheinlich noch viel unerträglicher als für andere Menschen. Hinzu kam die Tatsache, dass sie zurzeit auch noch seinen leicht kränkelnden und noch dazu wehleidigen Vater »betüddeln« musste.

Nun freute er sich, diese Aktion erfolgreich erledigt zu haben, und startete jetzt seinen Wagen wieder, mit dem er, wegen dieses Bestell-Vorganges, auf dem Seitenstreifen der Landstraße geparkt hatte.

Das habe ich jetzt also auch schon erledigt, dachte er zufrieden, nahm schnell noch einen Schluck Wasser und fuhr dann weiter in Richtung Klinik, um sich dort mit Frau Buttermann zu treffen und dann die Fotoreportage über die Zwillinge und deren »Vater-Mutter« in Angriff zu nehmen. Er freute sich bereits darauf, weil er ja auch mit dem Scheck von seinem Chef und dem Vertrag für die Ausschließlichkeitsrechte für »seine Zeitung« zu ihr unterwegs war.

Pia, seine Verlobte, erhielt derweil von ihrem Cousin Klaus, der ihr wahrscheinlich mal wieder sein Herz ausschütten musste und sich praktischen Rat von ihr erhoffte, einen Anruf auf dem Festnetz.
Er war bereits zweimal geschieden und befand sich akut in der Situation zeitgleich zwei Lebensgefährtinnen zu

haben, die praktischerweise, oder vielleicht auch unpraktischerweise weit voneinander entfernt lebten. Klaus wollte sicher wieder mal von ihr eine Entscheidungshilfe beziehungsweise praktische Tipps von ihr, wie er, denn in dieser Angelegenheit vorgehen sollte. Ob er sich - ggf. von einer der beiden trennen sollte - und falls ja, von welcher Frau; oder ob er doppelgleisig fahren sollte. Für ihn war das nicht schwierig, weil er ausschließlich im Außendienst tätig war, brauchte er nie irgendwelche Ausreden zu erfinden.

Als er ihr das erste Mal davon erzählte, musste Pia zunächst leise schlucken und versuchte sich eine Vorstellung davon zu machen, wie das denn praktisch abliefe und wie man sich wohl dabei fühlen würde.

Bigamist zu sein müsste doch echt schwierig und anstrengend sein. Man müsste wohl für jede Frau ein extra Handy haben und dann irgendwie Aufzeichnungen darüber machen, was und wann man, mit welcher Frau über welches Thema gesprochen hatte und die Treffen durften dann ja auch nur auswärts sein, beziehungsweise bei der jeweiligen Frau, damit es in seiner eigenen Wohnung nicht zufälligerweise zu einem Zusammentreffen der zwei Frauen kommen konnte.

Pia hatte jetzt jedoch weder Zeit noch Lust mit ihrem Cousin zu telefonieren, denn ihr Terminplan war heute bereits prall ausgefüllt mit Arbeit und abends wollte sie ja mit ihrem Verlobten Jochen ins Kino gehen. So ließ sie das Telefon weiter klingeln, hob nicht ab und arbeitete weiter.

***

8

In der Redaktion der lokalen Tageszeitung, für die Jochen Fritsch arbeitete, klingelte das Telefon und es meldete sich eine weibliche Stimme, die aufgeregt schnaufte und japsend von sich gab:

»Ich habe ungefähr vor einer guten dreiviertel Stunde ein herrenloses Kleinkind im Alter von circa zwei bis drei Jahren in der Nähe des großen Denkmals in der Innenstadt aufgefunden. Die Kleine ist dort herumgelaufen und suchte weinend nach ihrer Mutter. Es ist ein rothaariges Mädchen mit kurzen Haaren, das mit einem zartgrünen kurzen Sommerkleidchen und mit einem weißen kurzärmligen Blüschen bekleidet ist. Bei der Polizei habe ich bereits angerufen, aber die haben dort keinerlei Vermisstenanzeigen vorliegen.

»Dürfte ich Ihnen ein paar Fotos von dem Kind, die ich ja jetzt gleich noch mit dem Handy knipsen könnte, zumailen? Sie könnten diese Fotos doch vielleicht mit in ihrer heutigen Tagesausgabe auf der Titelseite veröffentlichen, damit sich die Angehörigen des Kindes bei Ihnen direkt melden können. Ich selbst möchte meine eigene Telefonnummer nicht in der Zeitung veröffentlichen lassen. Dazu gibt es heutzutage zu viele Spinner und natürlich auch so Werbefirmen, die einen dann sofort mit Werbeanrufen behelligen, obwohl das bei Privatpersonen ja verboten ist. Diese Vertriebe machen sich da aber nichts daraus, und verkaufen die ergatterten Telefonnummern dann sogar auch noch an andere Vertriebe und Werbefirmen weiter, die diese ebenfalls nutzen und einen damit tyrannisieren. Da kann man dann auch mit einer Anzeige drohen, dann entschuldigen die sich und versuchen es woanders. Aber egal, also könnten, beziehungsweise würden Sie die Bilder dieses Kindes bitte in der heutigen Ausgabe veröffentlichen mit der Telefonnummer ihres Verlages als Ansprechpartner? Falls das nicht gehen sollte, würde die Polizei dieses Mädchen sonst sofort in ein Kinderheim geben müssen, was garantiert ein Psychotrauma bei dem Kind auslösen würde«, beendete die Anruferin resolut ihren Appell an die Zeitung.

Der Zeitungsangestellte hatte diesen Wortschwall sowohl akustisch als auch inhaltlich erfasst und antwortete in einem mitfühlenden Tonfall:

»Ja, mailen Sie uns gern diese Fotos zu. Wir werden es technisch und zeitlich noch in die heutige Ausgabe mit hinein bekommen und werden auch einen Platz auf der Titelseite dafür freihalten.«

Dann gab er ihr die Mailadresse des Verlages, damit die Frau die Fotos schicken konnte. Ihre Handynummer hatte er sich bereits vom Display seines Telefons abgeschrieben, beziehungsweise notiert. »Was für ein Tag heute«, murmelte er laut vor sich hin und griff sich seine Flasche mit lautem Mineralwasser, um ein paar Schlucke zu trinken.

Es nervte ihn zwar, dass er sich jetzt noch richtig Arbeit aufgeladen hatte, aber er war auch irgendwie stolz darauf, dass er mithelfen konnte, ein kleines Kind eventuell vor dem Schock eines Kinderheimes zu bewahren.

Andererseits würde es jetzt sicherlich Gedränge auf der Titelseite für morgen geben, weil ja auch die Geschichte dieser Zwillingsgeburt durch ihren Vater auf die erste Seite sollte. Er dachte kurz darüber nach und beschloss dann, die Dinge erst einmal auf sich zukommen zu lassen. Er baute darauf, dass sein Chef das schon irgendwie sinnvoll koordinieren würde.

Nach diesem Gedanken öffnete er sich schnell noch eine kalte »Cola« aus dem Kühlschrank, setzte sie an die Lippen und trank zwei Schlucke davon. Dabei entschied er sich, dass es wohl doch besser wäre, sofort zu seinem Chef zu gehen und ihn über diesen Sachverhalt in Kenntnis zu setzen. Der sollte selbst entscheiden, was jetzt wie, wann und wo zu tun wäre.

Während dieses Gedankens klingelte schon wieder das Telefon und er erkannte die Telefonnummer der hiesigen Polizeidienststelle. So nahm er diesen Anruf schnell entgegen und meldete sich mit seinem Namen.

Ein Mann meldete sich, mit »Polizeiobermeister Hugo Messerschmidt, ich möchte Herrn Hammerschmidt sprechen.« Er informierte den Anrufer darüber, dass sein Chef im Moment nicht auf seinem Arbeitsplatz sei und erbat sich die Durchwahlnummer des Anrufers, damit Hammerschmidt ihn gleich zurückrufen könne. Diese Durchwahlnummer schrieb er auf, las sie noch einmal vor, um sie kontrollieren zu lassen, und beendete dies Gespräch mit einem freundlichen »Tschüss.«

Danach griff er sich seine Notizzettel und machte sich auf den Weg zu seinem Chef Hammerschmidt, um ihn zu informieren, und auch um das »Go« für die »Kindergeschichte« auf der Titelseite der Zeitung zu bekommen.

Nach den ersten drei Schritten fiel ihm ein, dass es ja durchaus möglich sein könnte, dass die Mutter des kleinen Mädchens sich selbst an die Polizei gewandt haben könnte und damit die Angelegenheit mit dem »herrenlosen Kind« sich von selbst erledigt hätte und damit dann auch sein eigenes Titelseitenproblem.

Also rief er selbst bei der örtlichen Polizeidienststelle zurück und bat darum, mit dem Herrn Hugo Messerschmidt verbunden zu werden.

Das klappte dann auch binnen einer Minute und er stellte sich selbst mit seinem Namen und seiner Funktion im Verlag vor.

»Ich rufe wegen des kleinen verloren gegangenen Mädchens zurück. Haben Sie denn Neuigkeiten, beziehungsweise hat die Mutter des Mädchens sich bei Ihnen gemeldet?«

»Ja, genau, deswegen hatte ich grad bei ihnen angerufen. Die Mutter hat sich zwischenzeitlich bei uns gemeldet und hat die Kleine auch bereits bei uns abgeholt.«

»Na, Herr Messerschmidt, dann hat sich diese Angelegenheit ja glücklicherweise von allein erledigt«, erwiderte der Zeitungsangestellte erleichtert und bedankte sich bei dem Polizisten, wünschte ihm noch einen schönen und nicht zu turbulenten Tag.

Ihm ging durch den Kopf, dass es sicherlich ein fürchterlicher Moment für die Mutter des kleinen Mädchens gewesen sein musste, als sie ihr Kind nicht wiederfinden konnte.

***

9

Pia, die Verlobte von Jochen Fritsch, unterbrach ihre Arbeit und dachte über ihr späteres Treffen mit Jochen nach.

Sie war am Tag zuvor beim Frauenarzt gewesen, der ihr nach der Untersuchung mitgeteilt hatte, dass sie keine Kinder bekommen könnte, weil sie eine genetische Fehlfunktion habe, die jegliche Form einer Schwangerschaft ausschlösse. Das müsste sie Jochen nun heute Abend erklären, der sich selbst unbedingt Kinder mit ihr wünschte. Sie hatte keine Idee, wie sie ihm das wohl schonend beibringen könnte, und fühlte sich dabei ziemlich elend. So hatte sie das Gefühl, dass sie sich heute Abend besonders hübsch für ihn machen sollte, außerdem brauchte sie bei dieser Hitze unbedingt einen Sonnenhut. Deswegen machte sie sich auf den Weg in die Stadt, wo sie sich nach einem geeigneten Hut umsehen wollte. Sie war zu Fuß unterwegs und bemerkte links vor ihr eine einladend aussehende Eisdiele, der sie nicht widerstehen konnte. Sie suchte sich einen freien Platz unter einem der Sonnenschirme und nahm so Platz, dass sie auf die Einkaufsstraße blicken, und dort die Menschen betrachten konnte. Eine südländisch aussehende Kellnerin mit einer kleinen weißen Schürze, stand plötzlich links neben ihr und fragte freundlich:

»Was darf ich Ihnen beiden denn Schönes bringen?«

Pia bestellte sich ein kleines gemischtes Eis mit Sahne, sowie einen Mokka nebst einem Glas Leitungswasser. Sie wusste natürlich, dass es bei Italienern eigentlich immer automatisch ein Glas Wasser zum Mokka gab, aber sie wollte der Bedienung die Freude machen, dass diese ihr sagen konnte, dass das Glas Wasser in diesem Eis-Café automatisch kostenlos mit serviert werden würde. Das funktionierte dann auch genauso, wie sie sich das gedacht hatte. Die Kellnerin freute sich und lief los, um ihre Bestellung auszuführen.

Als Pia sich eine Zigarette ansteckte, um die Wartezeit zu verkürzen, kam von rechts eine junge Frau auf sie zu und fragte sie:

»Ist dieser Platz an diesem kleinen Tisch noch frei?«

Pia nickte einladend und die junge rothaarige Frau nahm dankbar lächelnd schwungvoll Platz. Ihre krausen roten Haare hatte sie mittels einer grün-bunten Kordel gebändigt und nach oben gesteckt.

Als die Kellnerin Pia ihren Mokka samt Eis und dem Glas Wasser brachte, schaute die Rothaarige genau hin und bat diese »ich möchte bitte genau das gleiche haben, wie das, was Sie grad bringen.«

Die Bedienung lächelte, nickte zustimmend und flitzte sofort weiter zum nächsten Tisch und der nächsten Bestellung.

»Ich frage mich immer, wie die das wohl alles auf die Reihe bekommt, mit so vielen Bestellungen auf einmal«, sinnierte Pias rothaarige Tischnachbarin tuschelnd, hinter vorgehaltener Hand, in Richtung Pias rechtem Ohr.

Pia erwiderte leise lachend, hinter vorgehaltener Hand, um die Kellnerin nicht zu echauffieren:

»Die Tische hier haben alle Nummern und sie schreibt dann zum Beispiel auf: drei, also für Tisch drei, zwei Mokka, zwei kleine gemischte Eis mit Sahne. Mit mehreren von diesen Zetteln - meistens nimmt sie von drei Tischen etwas auf -, geht sie nach innen und gibt diese Zettel an die Kollegen weiter, die die Bestellungen ausführen und zusammenstellen. Die stellen dann alles pro Tisch auf ein Tablett, legen den oder die zu bezahlenden Kassenbons mit darauf. Dann schaut sich die Kellnerin, beim nächsten Gang nach innen an, ob das Tablett für Tisch drei fertig ist und nimmt es dann, vielleicht mit zwei weiteren Tabletts, samt Rechnungszetteln mit raus«, beendete Pia diese schwierige Erklärung, trank einen Schluck Wasser und löffelte genüsslich ihr Eis weiter.

Ihre rothaarige Tischnachbarin erhielt in diesem Moment jetzt auch ihre aufgegebene Bestellung und trank nun sofort zwei Schlucke Wasser, bevor auch sie anfing ihr Eis zu löffeln. Damit war es an diesem Tisch jetzt erst einmal still, bis auf einige undefinierbare Genusslaute und die leisen Klapper-Geräusche der Eislöffel, die an die metallenen Eisbecherschalen stießen. Eine hörbar einvernehmliche Stille der beiden Eis-Fetischistinnen, die sich offensichtlich durch nichts von ihrer gemeinsamen Schlemmermahlzeit ablenken lassen wollten.

Pia, die als erste mit ihrem Eisbecher fertig war, nahm still noch einen kleinen Schluck von ihrem Mokka und steckte sich eine weitere Zigarette dazu an und genoss einfach diesen friedlichen Moment. Dann fiel ihr der Hut ein, den sie noch kaufen wollte, und sie hatte immer noch keine Idee, welche Farbe sie denn wählen könnte.

Spontan erzählte sie also ihrer sympathischen Tischnachbarin von ihrem Vorhaben und dass sie sich mit einem speziellen Hut, den sie noch aussuchen beziehungsweise finden müsse, besonders hübsch für ihren Verlobten machen wolle.

»Haben Sie vielleicht Lust mir bei der Suche nach dem Hut zu helfen? Wir könnten, falls Sie auch Spaß daran hätten, zusammen etwas shoppen gehen und es wäre toll, wenn sie mich bei der Suche und der Auswahl eines passenden Hutes beraten würden.

Ihre rothaarige Tischnachbarin sah kurz auf ihre Armbanduhr und antwortete dann spontan:

»Ja, ich hätte Lust dazu, zu zweit shoppen zu gehen. Ich könnte mir auch einen Sonnenhut besorgen, dass wäre bei meinem hellen Teint eine gute Vorsorgemaßnahme. Dann könnten Sie mich dabei ebenfalls betreffs Farbe und Größe beraten. Ich habe noch eine Stunde Zeit dafür, bevor ich mich auf den Weg zu meinen nächsten Behandlungstermin machen muss.«

Sie winkten also gemeinsam die Bedienung heran, jede bezahlte, schwang sich ihre Handtasche über die Schulter und sie machten sich dann beide, beschwingten Fußes, auf ihre gemeinsame Shoppingtour durch das angrenzende, sehr hübsche, und teilweise sehr verwinkelte

Einkaufsviertel dieses kleinen, aber recht feinen Szene-Stadtteils, ihrer bürgerlichen und leicht spießigen kleinen Stadt, die laut des Stadtarchivs circa neunhundertzweiundzwanzig gegründet wurde.

Ein kleines Geschäft neben dem nächsten, war dort zu finden. Alle Häuser waren erst ab dem ersten Stockwerk bewohnt, denn in den Erdgeschossen waren ausschließlich Läden aller Art zu finden. Das war hier in dieser Stadt fast der Normalfall, denn die großen Einkaufszentren und auch das produzierende Gewerbe waren nur im Gewerbegebiet dieser Stadt zu finden.

Wollte man dort einkaufen, dann musste man mit dem Auto dorthin fahren, denn die Busse fuhren nur alle zwei Stunden, was ziemlich unkomfortabel beziehungsweise fast unmöglich, für Menschen ohne eigenen Wagen war.

Pia und ihre neue rothaarige Bekannte bummelten nun in aller Ruhe von einem Schaufenster zum nächsten, machten sich gegenseitig auf interessante Ausstellungsstücke aufmerksam und diskutierten darüber, wozu man sie tragen beziehungsweise womit man sie nicht kombinieren konnte. Dann gab es in den Auslagen der Geschäfte auch manchmal noch passenden Schmuck und auch Tücher dazu.

Beide befanden sich sofort in einer Art von Shopping-Rausch, obwohl sie eigentlich nichts davon kaufen wollten, denn eigentlich waren sie ja auf der Suche nach Sonnenhüten.

Pia schlug vor, doch mal in dieses eine Geschäft, in dessen Schaufenster sie aktuell beide verträumt »badeten«, hineinzugehen und nachzufragen, ob man ihnen bei der Suche nach schicken Sonnenhüten helfen könnte, beziehungsweise nach welchen Läden sie wo Ausschau halten sollten. Ihre neue rothaarige Bekannte fand diese eine gute Idee und so marschierten beide in das Geschäft.

Beim Öffnen dieser Ladentür erklang eine kleine Melodie, die wohl, statt einer Glocke, den Eintritt von Kunden melden sollte. Sie mussten sich beide den Weg in den Laden, durch bunte Stoffflatterbänder bahnen, die sicherlich wegen potenzieller »Insekten- und Fliegenkunden«, angebracht wurden.

Im Innern des Ladens roch es irgendwie leicht orientalisch, was aber nicht unangenehm war, und ihre staunenden Augen sahen Gegenstände und Dinge, die sie noch nie irgendwo gesehen hatten und deren Funktion sie beide nicht erkennen konnten. Es gab in den Regalen, die an allen Wänden standen, auch Stoffballen fast jeder Farbe und Qualität, bzw. in fast jeder Art von Stoff. Seide, Baumwolle und Wolle kannten sie natürlich, aber um was für Stoffe es sich bei den vielen anderen Ballen handelte, konnten beide Frauen nicht identifizieren.

Sie entdeckten immer noch keinen Menschen in diesem Laden, ließen sich davon aber nicht abhalten, auch die Gebrauchsgegenstände, die dort, in einer anscheinend speziell dafür abgeteilten Ecke dieses Ladens, in einer Art schlichter Holzregale zum Verkauf angeboten wurden, neugierig zu betrachten und anzufassen. Sie rätselten leise tuschelnd miteinander darüber, wofür man die denn wohl benutzen könnte. Beide fanden nur völlig verrückte Erklärungen, über die sie sich dann leise kichernd amüsierten. Nur die gewünschten Sonnenhüte fanden sie natürlich nicht. So entschlossen sie sich, nun doch nach einer Bedienung zu rufen.

»Hallo, ist hier jemand? Wir würden gern etwas kaufen!« riefen beide lautstark durch den kleinen Laden.

Dann hörten sie plötzlich das leise Geräusch eines sich bewegenden Holzperlenvorhanges und eine junge Frau, die kurze Jeans und ein kurzärmliges T-Shirt trug, sowie ein, nach türkischer Art gefaltetes hellgrünes Kopftuch auf dem Kopf hatte, betrat leise und langsamen Schrittes von hinten diesen Laden.

»Was kann ich für Sie tun?«, fragte sie freundlich in ihre Richtung gewandt.

Beide waren kurz sprachlos, weil sie von der Kleidung der Türkin ziemlich überrascht waren., denn sie hatten eigentlich einen Mann erwartet oder falls nicht, zumindest eine Frau, welche die schwarze und traditionelle bodenlange Kleidung und einen Gesichtsschleier trug.

Die junge Frau lachte laut auf, als sie in den Gesichtern der beiden Frauen, deren Erstaunen entdeckte. »Nein, wir tragen schon seit einigen Jahren nicht mehr die traditionelle Kleidung. Nur ein Kopftuch ist noch unbedingte Pflicht in unserer Kultur, an die wir uns auch halten.«

Pia hatte sich zuerst von dieser Überraschung erholt und antwortete »Ja, ich sollte das eigentlich wissen, da ich von Beruf Modedesignerin bin. Da ist wohl automatisch ein altes Vorstellungsbild bei mir im Kopf aufgetaucht. Tut mir echt leid!« Ihre neue rothaarige Freundin ergänzte »wir sind eigentlich auf der Suche nach Sommerhüten und wollten bei Ihnen nachfragen, ob Sie wissen, wo es denn hier einen Hut-Laden gibt.«

»Freut mich, ich bin Yüksel und wurde bereits hier in Deutschland geboren. Ich vertrete jetzt zurzeit nur meine Mutter, der dieser Laden gehört und den sie bereits seit vielen Jahren betreibt. Darf ich Ihnen beiden einen erst einmal echten türkischen Tee anbieten, der immer gut gegen diese extreme Wärme hilft?«

Gleichzeitig schob sie mit der einen Hand den Perlenvorhang beiseite und winkte gleichzeitig mit der anderen Hand die beiden verblüfften Freundinnen in den nächsten Raum hinein. In diesem Raum, der wie eine Wohnküche aussah, bot sie Ihnen mittels einer kleinen Handbewegung an, an dem dortigen großen Eichenholztisch Platz zunehmen. Danach hantierte Yüksel mit einer Tüte, aus der sie grüne Teeblätter in drei Teegläser kippte und danach vorsichtig und langsam, das bereits kochende Wasser aus einem gläsernen Wasserkessel zuerst in Pia´s und dann in das Glas deren rothaariger Freundin und zuletzt in ihr eigenes Glas goss.

Dann setzte sie sich auch mit an den Küchentisch und erklärte »Dieser grüne Tee muss jetzt gut vier Minuten ziehen und dann können wir ihn trinken.« Nebenbei öffnete sie die linke Schranktür, eines Oberschranks der Küchenzeile und holte eine Schachtel mit weißen Pralinen hervor. Sie stellte sie auf den Tisch und erklärte, dass dies türkischer Honig sei, der aber nicht nach Honig schmecke, da er nur auf Rosenwasserbasis hergestellt werde und daher keinerlei Honig enthalte.

Sie nahm eine der eckigen Pralinen heraus, biss einmal ab und zeigte die andere Hälfte herum. Dann teilte sie eine weitere Praline mit einem Messer und legte die beiden Hälften auf einen kleinen runden Glasteller, den sie dann genau zwischen Pia und deren Freundin platzierte.

Pia fühlte sich irgendwie angesprochen und nahm mit spitzen Fingern die eine Hälfte und biss vorsichtig ab. Ihr Gesichtsausdruck wechselte von misstrauisch zu einem genüsslichen Grinsen. »Klasse!« kommentierte sie spontan. Ihre rothaarige Freundin griff daraufhin auch zu und ihr Gesichtsausdruck nahm das gleiche Grinsen an. Das Gesicht, der Tochter der Ladenbesitzerin, strahlte ebenfalls, weil sie mit diesem Testergebnis wirklich zufrieden war. Danach informierte sie die beiden darüber, dass es hier, in diesem Geschäft leider keine Hüte gäbe.

Pia und ihre neue Freundin nahmen diese Information gelassen hin, da sie immer noch in ihrem Genuss-Erlebnis schwelgten.

Ihre rothaarige Freundin hatte eine Idee und fragte ihre freundliche Gastgeberin, ob sie denn vielleicht irgendwo ein Geschäft kennen würde, das solche Hüte führen könnte. Ihre Gastgeberin öffnete daraufhin eine Schublade, holte ein Branchenbuch heraus und suchte für die beiden ein entsprechendes Geschäft heraus, das nicht sehr weit entfernt war. »Das ist Klasse, vielen Dank für Ihre Mühe« entgegnete Pia.

Ihre Gastgeberin erwiderte sehr spontan »ich habe grade eine Idee bzw. eine Frage: »Ich gestalte in meiner

Freizeit oft neue Stoffe. Wenn Sie Designerin sind, hätten Sie denn Interesse an Mustern meiner Stoffe?«
» Ja klar, das ist wirklich eine klasse Idee, die Ihnen da soeben durch den Kopf geht« erwiderte Pia begeistert.
Spontan ergriff Pias neue rothaarige Freundin das Wort und äußerte in einem nachdenklichen Tonfall »mein Name ist übrigens Jessica Huber und ich habe einen Zwillingsbruder, der Jesse heißt. Wir betreiben zusammen seit drei Jahren eine Unternehmensberatungsfirma. Wie wäre es, wenn ihr beide Euch zusammentut und gemeinsam eine sogenannte «GbR» also eine Gesellschaft bürgerlichen Rechts gründen würdet? Das würde Risiken minimieren und euer Auftritt nach außen wäre viel effektiver und wirkungsvoller!«

Yüksel, die Ladenbesitzerin und Gastgeberin, schluckte, dachte kurz nach und äußerte dann nachdenklich »nein, das möchte ich persönlich lieber nicht! Man weiß nie, was in Zukunft alles passieren wird und wenn man mit jemandem zusammen in einer Rechtsform agiert, dann sind Meinungsverschiedenheiten über Prioritäten, Preise, Steuerangelegenheiten und Konten immer vorprogrammiert. Ich habe selbst Jura studiert und ich kenne mich mit den deutschen Rechtsformen für Unternehmen und deren Vor- und Nachteilen recht gut aus.«

Während Yüksel´s Erklärung hatte Pia bereits mehrmals kurz zustimmend genickt und äußerte jetzt diplomatisch »Ja, ich denke auch, dass wir einzeln und ohne offizielle und irgendwie rechtlich geregelte Rechtsform-Formalitäten, viel unbeschwerter und unkomplizierter zusammenarbeiten können, wenn es jeweils passt.« Sie freute sich insgeheim, dass Yüksel so offen und geradeheraus aufgetreten war. Jessica´s sehr forscher und leicht nach Eigennutz riechender Vorschlag, gefiel ihr nämlich intuitiv ebenfalls nicht unbedingt und sie nahm sich vor, ab sofort etwas vorsichtig im Umgang mit ihr zu sein.

»Yüksel, könntest Du mir vorsichtshalber bitte noch kurz die Adresse des Hutladens, den Du uns aus dem Branchenbuch herausgesucht hast, auf einen Zettel aufschreiben? Das wäre toll« ergänzte Pia noch schnell.

Die Ladenbesitzerin griff nach ihrem Zettelkasten, holte einen davon heraus und schrieb ihr die vollständige Adresse auf und drückte ihn Pia in die Hand.

»Ich drücke die Daumen, dass ihr dort passende Hüte für euch findet!« beendete sie ihren Satz und stand auf, um die zwei zur Tür ihres Geschäftes zu geleiten. Damit stellte sie sicher, dass die beiden jetzt direkt ihren Laden verließen.

Draußen, direkt vor der Tür des Geschäfts, räusperte sich Jessica leicht, holte ihr Smartphone aus ihrer Handtasche und checkte vermutlich ihre Nachrichten. Dann drehte sie sich zu Pia um und sagte »ich habe eine Nachricht von meinem Bruder, dass ich jetzt unbedingt schnell zu ihm ins Büro zu ihm kommen muss. Ein neuer Kunde benötigt anscheinend eilig noch irgendwelche Antragsformulare, die ich ihm ausfüllen muss. Ich kann also jetzt leider keinen Hut mehr mit dir aussuchen gehen. Tut mir leid, Pia. Mach´s gut und wir hören uns dann oder kontakten uns per SMS. Sie schüttelte Pia noch kurz die Hand, drehte sich dann um und

winkte sich ein Taxi heran, und stieg dann ziemlich
schnell ein.

***

10

Pia stand ein bisschen da, wie bestellt und nicht abgeholt. Sie hatte das merkwürdige Gefühl sich kräftig schütteln zu müssen, um irgendwelchen Dreck los zuwerden, welcher real gar nicht vorhanden war. Sie schüttelte sich also einmal kräftig und überlegte danach, was sie denn eigentlich vorgehabt hatte. »Ach ja, sie wollte einen passenden Hut für das Treffen heute Abend mit ihrem Verlobten Jochen einkaufen.

Mit dem Smartphone «googelte« sie nach Hut-Läden in ihrer Stadt und fand nur ein einziges Geschäft, sowie natürlich das große Kaufhaus, in dem man fast alles bekam.

Sie entschied sich für das Spezialgeschäft, das nur ungefähr zehn Gehminuten weit entfernt war, und nutzte dabei ihr Smartphone als Wegweiser. Während sie brav der angezeigten Route folgte, dachte sie darüber nach, wie die Menschen so etwas wohl vor der Erfindung von Smartphones gemacht hatten. Vielleicht mit einem Stadtplan oder eventuell mit sich durchfragen bei Passanten? Sie konnte es sich nicht wirklich vorstellen und war froh darüber, dass sie nicht in diesen früheren Zeiten hatte leben müssen. Obwohl, fiel ihr plötzlich ein, es damals vielleicht nicht so hektisch war, wie in der heutigen Gegenwart. Sicherlich dauerten damals viele Dinge und Arbeiten etc. einfach viel länger, aber brachte das denn, absolut gesehen, auch real mehr Vorteile mit sich? Eine spannende Fragestellung, fand sie und entschloss sich spontan zu einem Selbstversuch.

Sie schaltete einfach ihr Smartphone aus, steckte es in ihre Handtasche und nahm nur den Zettel, auf dem die Adresse notiert war, in die Hand. Es stellte sich automatisch ein Gefühl von Verlassenheit und Alleinseins bei ihr ein und dazu noch die Idee von Hilflosigkeit. Sie schluckte leicht beklommen und entschied sich, dass sie jetzt einfach mal ihren gesunden Menschenverstand benutzen könnte. Sie schaute sich um und sah andere Menschen neben und vor sich, die anscheinend auch unterwegs zu irgendwas, irgendwem oder irgend-wohin, waren. Einen von denen könnte sie sicherlich fragen, ob er dies Geschäft oder präziser, den Weg zu diesem Geschäft kenne und ihr helfen könne.

Sprach sie jetzt besser eine Frau oder einen Mann an? Sie entschloss sich dazu, eine Frau anzusprechen, weil ihr Verstand ihr sagte, dass Männer wahrscheinlich keine Damen-Hutgeschäfte kennen würden. Sie sah sich um und sah eine kleine Gruppe von drei jungen Mädchen sowie zwei mittelalte Frauen, die offensichtlich mit Ein-käufen beschäftigt waren. Nun musste sie sich entscheiden, wen sie ansprechen wollte. Sie versuchte es zuerst mit den drei Mädchen und steuerte, mit dem Zettel in ihrer Hand, schnurstracks auf sie zu und fragte »hey, könntet ihr mir erklären, wie ich zu diesem Hutgeschaft hinkomme?« Sechs Augen schauten sie an, drei Smartphones wurden gezückt und dann antwortete die fixeste von ihnen »hier, schauen sie mal hier auf mein Handy, da können Sie den kürzesten Weg genau sehen.« »Ja, danke«, erwiderte Pia und fügte hinzu »dann muss ich jetzt also in welche Richtung genau gehen, um dahin zu kommen?« Die drei Mädels sahen sich automatisch um, konnten es wohl nicht lokalisieren und nahmen ihre Smartphone wieder in die Hand, damit es wieder anzeigte, und zeigten Pia mit der Hand dann die richtige Richtung. Pia bedankte sich und ging dann in dieser Richtung einige Schritte. Als sie sicher war, dass die Mädchen ihr nicht mehr nachsahen, blieb Pia stehen, holte den Zettel wieder hervor und steuerte damit auf eine Frau, von geschätzt circa gut sechzig Jahren, zu und wiederholte ihr Frage nach dem Hutgeschäft.

Die Frau blickte auf den Namen und die Adresse des Hutladens, dachte kurz nach, drehte ihren Körper automatisch in die Richtung, die zu gehen war und wies Pia mit dem Zeigefinger zusätzlich diese richtige Richtung. Dazu erläuterte sie noch zusätzlich »Sie gehen also diese Straße lang und dann müssen Sie an der dritten Querstraße rechts da hineingehen und dann ist es das zweite Haus auf der linken Straßenseite. Was für eine Art von Hut suchen sie denn?«, ergänzte sie fürsorglich. Pia erläuterte ihr, dass sie einen eleganten Sommerhut für das Rendezvous mit ihrem Verlobten Jochen benötige. »Dann sind Sie dort leider nicht an der richtigen Adresse, junge Frau. Die Hüte dort sind eher für Frauen in einem Alter ab siebzig Jahre gedacht.«

Pia rollte mit den Augen und erwiderte »wie gut, dass ich Sie gefragt habe. »Könnten Sie mir denn ein Geschäft empfehlen, das solche Hüte in unserer Stadt anbietet?«, »ach ja, und es sollte nicht zu weit weg sein, also fußläufig erreichbar sein.«

Die nette ältere Dame überlegte ganz kurz, nickte, holte ein Notizbuch heraus und blätterte darin nach. Sie fand die Adresse und schrieb diese auf eine Seite ihres Notizbuchs, die sie dann einfach herausriss und Pia in die Hand drückte. »Hier ist die Adresse von diesem Hutgeschäft. Dazu müssen Sie«, unterbrach sie spontan ihren Satz, holte ihr Smartphone heraus, um die exakte Route zu googeln und um diese danach fehlerfrei an Pia weitergeben zu können, »zunächst einhundert Meter in Richtung Nord gehen, das ist diese Richtung«, und zeigte dabei mit ihrem linken Arm die Nordrichtung an.

»An der Ecke des fünften Hauses gibt es eine Kreuzung und da müssen Sie dann links abbiegen. In der dortigen Straße ist es dann das zweite Haus auf der rechten Straßenseite. Über der Eingangstür hängt ein blass-blaues Neonschild mit dem Schriftzug:

»Hut-Salon Luise Mona Biebermann«.

»Wenn Sie dann dort sind, dann richten Sie der Inhaberin bitte einen schönen Gruß von »Mama Thea« aus. Das bin nämlich ich und ich kaufe oft bei ihr ein. Wenn Sie auf meine Empfehlung hin dort einkaufen, dann erhalten Sie zwanzig Prozent Rabatt, denn ich bin ihre Stiefmutter«, ergänzte sie sanft lächelnd ihren Satz. Pias Augen leuchteten fröhlich auf und sie bedankte sich herzlich bei dieser netten älteren Dame und ging dann in die genannte Richtung los.

»Jo, genau« dachte sie kurz laut vor sich hin. Es ist dann wohl doch irgendwie viel aufschlussreicher und effektiver nicht nur zu googeln, sondern einfach und direkt mit anderen Menschen zu kommunizieren und mit diesen Informationen, Wissen, und selbst erlebte Erfahrungen in direkten Gesprächen auszutauschen.

Als sie nach einigen Minuten an einem Haus mit dem Werbeschild »Hut-Salon Luise Mona Biebermann« ankam, das über einer zweiflügligen grünen Eingangstür hing, war sie sich sicher, dass sie hier richtig war.

In den beiden großen Schaufenstern, die sich rechts und links von dieser Tür befanden, waren auf durchsichtigen und unterschiedlich hohen Plastikständern jeweils ungefähr vierzehn Hüte ausgestellt, die alle sehr unterschiedliche Formen, Farben und Materialien hatten und auf einem sandstrandartigen Untergrund auf den unterschiedlich hohen Plastikständern platziert waren. In dem linken Schaufenster thronte links an der Seite ein ziemlich echt aussehender weißer Schwan, der natürlich nicht lebendig war. Im rechten Schaufenster befand sich ebenfalls links ein schwarzer Schwan in der Auslage und wachte sozusagen über die diversen Hüte, die andere Stilrichtungen und Farben, als die der Hüte im linken Schaufenster hatten. Bei genauerem Hinsehen konnte sie auch noch kleine Muscheln und Seesterne auf diesem Sand entdecken.

Pia musste einfach einen Moment davor stehen bleiben und in Gedanken in diese Strände eintauchen. Sie vergaß für einen kurzen Moment vollständig die Realität und fühlte sich wie im Sommerurlaub an einem warmen Strand in Italien.

Sie schüttelte sich kurz, um wieder in die Realität zurückzukommen und ging dann schnurstracks zu der laubgrünen zweiflügligen Eingangstür des Hutgeschäfts.

Diese Tür war anscheinend durch die großen Glasfenster darin, schwer zu öffnen, und erforderte unerwartet viel Kraft von ihr, wie sie feststellte. So drehte sie sich seitwärts, um mithilfe ihres Körpergewichts die Tür zu öffnen, als sich, wie von Zauberhand, diese Tür plötzlich von selbst langsam lautlos vor ihr öffnete.

Pia war so überrascht davon, dass sie mit großen Augen und geöffnetem Mund, wie ein staunendes Kleinkind, automatisch in den Hut-Salon eintrat.

Kaum war sie durch die Tür eingetreten, da bewegte sich hinten rechts in dem Geschäft ein dunkler Vorhang und eine Dame trat hinter ihm hervor und lächelte sie freundlich schmunzelnd an. »Nein, das ist keine Zauberei, falls Sie das jetzt denken sollten, sondern Hightech-Technologie. Die in der Tür integrierte Lichtschranke erfasst, dass jemand dort steht, und öffnet dann, elektronisch gesteuert, diese Eingangstür. Das funktioniert in Zusammenarbeit mit der Fußmatte, die dafür ab einer Belastung von fünfundvierzig Kilogramm ein elektronisches Freizeichen gibt. Dadurch können Tiere oder kleine Kinder die Tür nicht versehentlich öffnen.« beendete sie ihre Begrüßung.

»Was kann ich denn für Sie tun, bzw. was für eine Art von Hut möchten Sie denn haben?«

Pia erwiderte, »ich komme auf Empfehlung von der netten Mama Thea, von der ich schön grüßen soll, und ich möchte, für ein Date mit meinem Verlobten heute Abend, einen schicken Sonnenhut, der ihn sozusagen vom Hocker hauen sollte, denn ich muss ihm heute die schreckliche Neuigkeit überbringen, dass ich niemals

Kinder bekommen kann.,« beendete sie ihren Satz mit traurigem Blick. Die Ladenbesitzerin erwiderte spontan:

»Wenn Sie auf Empfehlung von Thea kommen, dann bekommen Sie von mir auf jeden Fall Rabatt und ich werde für Sie gleich einige Hüte heraussuchen, die gut zu Ihren blonden Haaren passen könnten. Thea ist nämlich eine sehr gute Freundin von mir und es wird mir eine Aufgabe und Freude sein, für Sie mein Bestes zu geben!« beendete sie, leicht pathetisch, ihre dennoch herzlich und ehrlich gemeinte Ansprache an Pia und bot dieser einen bequemen Stuhl an.

Pia setzte sich irgendwie automatisch und ohne nachzudenken, auf diesen Stuhl, denn sie fühlte sich sofort so wie mütterlich betreut. Die Ladenbesitzerin stand kurz darauf mit einem Glas grünem Tee wieder vor ihr, drückte es Pia in die Hand und empfahl ihr, den Tee in ganz kleinen Schlucken zu trinken, denn er sei sehr gut bei dieser Hitze.

Weil der Tee extrem heiß war, stellte Pia das Glas auf einem kleinen messingbeschlagenen Tisch, direkt neben sich, ab und musterte neugierig in aller Ruhe, die in diesem Raum befindlichen Hüte und Tücher. Ihre Augen fanden von ganz winzigen eckigen Hüten in verschiedenster Ausführung, bis hin zu fast wagenradgroßen Hüten, aus den verschiedensten Materialien und Formen mit mal mehr oder auch mal weniger Dekoration darauf, fast alles, was man sich so vorstellen konnte. Seidenschals und farbige Federn in den verschiedensten Farben rundeten das Sortiment ab.

Sie nippte nebenbei vorsichtig an ihrem Tee und entspannte sich dabei allmählich immer mehr. Als sie plötzlich eine Hand an ihrer linken Schulter fühlte, schreckte sie hoch und sah sich um. »Bin ich etwa ein-

geschlafen?« fragte sie irritiert die Ladenbesitzerin, deren Anwesenheit sie jetzt erst realisierte. »Ja, es sieht beinahe so aus.« erwiderte diese leise lächelnd und ergänzte » mein Vorname ist übrigens Lilli mit drei l's und zwei i's« Sie griff bei diesen Worten bereits nach den mitgebrachten Hüten und einigen schmalen Seidenschals in verschiedenen Farben. »Mein Name ist Pia« entgegnete Pia, reichte ihr ihre rechte Hand und ergänzte schnell »Freut mich sehr Lilli!«

Lilli nahm ihr die Hüte wieder aus der Hand und setzte diese auf einige Schaufensterpuppenköpfe, die noch nichts auf dem Kopf hatten. Dann nahm sie die Seidenschale und drapierte sie auf der Krempe der Hüte und band sie zu einer Art Knoten, von dem dann die Enden der Schals nach vorn oder nach hinten oder beides um den Hals drapiert werden konnten. Pia verstand sofort das System. Ein Hut und mehrere Schals ergaben viele Möglichkeiten, das war genial! Lilli empfahl ihr die einzelnen Kombinationen auszuprobieren und mit den Hut-Basisfarben dunkelblau, weiß und burgunderrot zu starten. Dann stellte sie ihr einen passenden Spiegel dazu und forderte Pia auf jetzt allein loszulegen. Sie selbst zog sich wieder in ihr Büro zurück, da sie noch ihre Buchhaltung erledigen wollte.

Pia verbrachte dann gut zwanzig Minuten damit, alles vor einem Spiegel zu kombinieren, und entschied sich dann dafür alle drei Hüte und sechs verschiedene Schals.

Dann rief sie zufrieden nach der Inhaberin und ließ sich die Hüte und Schals einpacken und bezahlte per

Karte. Dann bedankte Sie sich herzlich und verließ mit drei großen Tüten glücklich und winkend dieses Hutgeschäft.

Auf Pia´s Heimweg klingelte plötzlich ihr Handy und sie musste kurz ihre Tüten abstellen, um diesen Anruf entgegen nehmen zu können. Im Display konnte sie eine Nummer sehen, die sie nicht kannte. Das war ungewöhnlich und so nahm sie den Anruf mit einer gewissen Distanz in der Stimme an und meldete sich mit einem knappen »ja, bitte«. Eine männliche Stimme fragte »Spreche ich mit Pia, der Mutter von Holger Wiedemann?« Ziemlich irritiert von der anonymen Stimme erwiderte sie etwas unwirsch »wer sind Sie, und was wollen Sie von mir?« »Ich bin der Chefarzt der Klinik, in der dieser junge Mann, jetzt, nach einem schweren Autounfall mit einigen Verletzungen liegt, die operiert werden müssen. Weil er noch nicht volljährig ist, brauche ich dazu die Zustimmung eines Elternteils, ansonsten müsste ich die Polizei einschalten. Ein anderer Autofahrer, der den Unfall vor sich beobachtet hatte, hatte nämlich die «112« angerufen und wartete dann auf dem Seitenstreifen bis unser Rettungswagen vor Ort war. Den Sanitätern schilderte dieser auch kurz den Unfallhergang.

»Ihr Sohn hat sich wohl in einem roten hochmotorisierten Sportwagen mit einem anderen Fahrzeug ein Rennen geliefert. Sein Fahrzeug hat sich dabei überschlagen und er wurde dabei verletzt. Bei der Blutabnahme stellten wir hier im Krankenhaus fest, dass er zweikommafünf Promille im Blut hat«.

Sie erkannte, dass der Arzt sie mit ihrer eigenen Mutter verwechselte, sagte aber nichts dazu. Stattdessen fragte sie, ob es sich bei dem Fahrzeug um einen nagelneuen und hochmotorisierten roten Sportwagen handelte. Der Chefarzt bejahte dies, nach einem Blick auf das ihm vorliegenden Protokolls des Sanitäter-Einsatzes.

Pia war sofort klar, dass dieses Früchtchen von Bruder ihren eigenen funkelnagelneuen Sportwagen zu Kleinholz zerlegt hatte. Er war schon immer ein nicht sonderlich intelligenter Tunichtgut, der sich selbst aber für hochintelligent hielt. Anscheinend hatte er sich ihren Zweitschlüssel angeeignet, um sich heimlich ihr Auto «auszuborgen« und hatte es dann dabei zu Schrott gefahren.

Sie überlegte kurz, was jetzt sinnvoll wäre. Ihr Auto war versichert, also war das nicht ganz so schlimm. Falls die Klinik jetzt aber die Polizei anriefe, dann käme ihr Bruder vor den Kadi und würde sofort eine Vorstrafe erhalten. Sie fühlte sich also verpflichtet, den Schaden zu minimieren, stellte ihren Ärger zurück und antwortete dem Chefarzt »ja, ich gebe hiermit meine ausdrückliche Zustimmung zu der erforderlichen Operation. Legen Sie man los.« Der Arzt bat sie, diese Zustimmung noch kurz schriftlich zu bestätigen.

Pia erbat sich dafür seine Faxadresse, um ihm die erforderliche Erlaubnis sofort direkt zufaxen zu können.

Über die Tatsache, dass sie dafür die Unterschrift ihrer Mutter fälschen musste, machte sie sich keine weiteren Gedanken. Manchmal musste man eben einfach pragmatisch handeln, um nicht noch mehr Schaden zu verursachen. Sie dachte sich, dass Ihre Mutter sonst wahrscheinlich vor lauter Ärger und Aufregung, den nächsten Herzinfarkt bekommen würde und das wollte sie keinesfalls in Kauf nehmen. Der Zweck heiligt eben die Mittel!

Sie blickte auf ihre Armbanduhr und stellte fest, dass sie sich ein bisschen beeilen musste, um nachhause zu kommen, wenn sie noch alles schaffen wollte, was vor ihrem heutigen Termin mit ihrem Verlobten Jochen erledigt werden musste. Das Fax für das Krankenhaus losschicken, ihre noch nicht vollständig fertig gestellten Entwürfe für ihren Arbeitgeber komplettieren, sowie ihre sorgfältige Vorbereitung auf den Termin heute Abend mit Jochen, ihrem Verlobten.

***

11

Jochen, der auf dem Weg in die Klinik zu Isolde Buttermann unterwegs war, pfiff fröhlich vor sich hin und war mit seinen Gedanken zeitgleich bei seiner Verlobten Pia. Er überlegte, ob er ihr nicht heute Abend, wenn sie sich trafen, einfach einen Heiratsantrag machen sollte. Er fühlte sich sehr wohl in seiner Beziehung mit Pia und hatte die Vorstellung, dass er gern auch mit ihr Kinder haben wolle. So das volle Programm von »unser Haus, unser Auto, unser Boot, unsere Kinder, unser Hund«.

Vor seinem inneren Auge sah er sich bereits in einem weißen Gartenstuhl auf der sonnigen Terrasse eines Hauses sitzen, das genügend Platz für ein Zusammenleben aller bot. Eine Wohnküche sollte es haben, damit alle auch zusammen kochen und essen konnten. Einen Kühlschrank mit verschiedenen Kühlzonen für die unterschiedlichen Lebensmittel, einen Gefrierschrank für die Vorräte, einen sich selbst reinigenden Herd mit Dunstabzugshaube und vollautomatischen Koch und Backzonen, den man vorprogrammieren konnte. Natürlich auch eine vorprogrammierbare Kaffeemaschine mit einem Espressoteil dabei sowie einer integrierten elektrischer Kaffeemühle für richtig schmackhaften frischen Kaffee. Die Küche müsste auf jeden Fall auch einen direkten Ausgang zur Terrasse haben, sowie von ihrer Ausstattung her, eine große, halbrunde und gepolsterte Sitzecke mit einem ausziehbaren Küchentisch, damit genügend Platz für alle vorhanden wäre. Dann würde man noch ausreichend Schränke integrieren müssen, um Geschirr, Gläser, Kochtöpfe und Vorräte - gut erreichbar - zur Hand zu haben. Für Notfälle sollte auch noch irgendwo im oberen Schrankbereich, für kleine Kinder nicht erreichbar, eine Mikrowelle integriert sein.

Jochen kannte das von seinen Großeltern her, wo sich das soziale Zusammenleben hauptsächlich in der Küche sowie in dem großen angrenzenden Wintergarten abspielte. Da dieser Wintergarten beheizbar war, und mit robusten Teppichen, einem großen runden Tisch mit Glasplatte und den dazugehörigen Korbstühlen sowie Blumenständern und passenden Gardinen für die heißen Tage ausgestattet war, hielt man sich meist dort auf. Dort war der eigentliche Lebensmittelpunkt deren zweigeschossigen Wohnhauses auf dem Land.

So ungefähr würde er auch sein, beziehungsweise Pia`s und sein Haus gestalten wollen. Natürlich benötigte Pia einen größeren Raum mit Tageslicht für ihre Mode-Designertätigkeit, der sollte sich irgendwie angrenzend befinden, weil sie ihre Einfälle meist spontan hatte und dann sofort lossauste, um diese Einfälle zu Papier bzw. in den Computer zu bekommen. Ihre Kinder sollten die Kinderzimmer in hörbarer Nähe zu diesem Bereich haben, damit man auf jeden Fall ein Ohr auf sie richten könnte.

Jochens Kopf war vollständig im Planungsrausch seines neuen Heims, das er zu bauen vorhatte. Es fiel ihm dann auch noch ein, dass man draußen eine Terrasse haben müsste, die zu einem Teil auch mit einem lichtdurchlässigen Kunststoffdach vor Regen geschützt sein müsste. Falls es wieder diese heißen Sommer gäbe, dann wäre das der richtige Ort, wo man sich in der Freizeit aufhalten könnte.

Sein Gehirn plante unermüdlich Raum für Raum, sowie deren Lage, deren Einrichtung und auch die farbliche Gestaltung, der einzelnen Räume und Bereiche.

Dann auf einmal riss ihm sozusagen der Faden und er entschied sich dazu, an einem netten Imbiss-Laden mit überdachter Terrasse anzuhalten und die Fahrt zur Klinik und den Zwillingen zu unterbrechen, um sich eine Flasche Wasser und einen guten Kaffee zu gönnen. Er könnte dann dabei seinen gedanklichen Hausbau auf ein, bis zwei Blatt Papier skizzieren und Details festhalten. Das Aufschreiben schien ihm in diesem Fall sinniger, als das alles aufs Handy zu quasseln.

Ein passender Imbiss tauchte idealerweise nach ungefähr einem Kilometer auf der rechten Seite auf, sodass er direkt rechts dahin abbiegen konnte.

Bei diesem Imbiss handelte es sich um einen Imbisswagen, der auch Getränke anbot und drei kleine runde Tische mit weißen Stühlen auf einer kleinen gepflasterten Terrasse, direkt vor seinem Imbiss, aufgestellt hatte.

Es roch gut dort, kein Geruch nach altem Fett oder so, wie man es sonst manchmal an solchen Imbissen, riechen konnte. Das sprach meistens für ordentliche Hygiene und ließ auch vermuten, dort gutes Essen und Getränke bekommen zu können.

Jochen bremste also die Geschwindigkeit seines Wagens herunter, bog rechts in Richtung dieses Imbiss-Wagens ab, und musste dann aber seinen Wagen auf einem der freien Parkplätze des kleinen Einkaufszentrums nebenan, wo der Imbiss aufgebaut war, abstellen, weil die Parkplätze des Imbisses alle bereits belegt waren.

Mit der rechten Hand griff er, parallel dazu, bereits nach hinten auf den Rücksitz seines Autos und ergriff dort seinen Skizzenblock, samt der erforderlichen Stifte und Radiergummis, welche sich in einer Blechschachtel befanden, und legte dann beides kurz neben sich auf dem Beifahrersitz ab. Er öffnete noch kurz von innen, die Beifahrertür und stieg dann aus und verschloss seine Fahrertür. Seine Zeichenutensilien klemmte er sich dann unter den Arm und warf die Beifahrertür ins Schloss.

Nach ungefähr zwanzig Schritten stand er dann mit seinen Unterlagen vor dem Imbiss und stellte fest, dass es dort lecker nach Bratwurst, Hähnchen und Currywurst roch. Das Wasser lief ihm automatisch im Mund zusammen und er gab der Versuchung nach, doch auch noch etwas zu essen. So bestellte er sich ein Döner mit frisch zubereitetem Salat und zwei kleine Flaschen stilles Mineralwasser, die steril mit Plastikdrehverschlüssen, verschlossen waren.

Sein Magen jubelte schon vor Vorfreude, aber sein Gehirn erzählte ihm so etwas wie: »Du wirst jetzt schuld daran sein, dass noch mehr Plastikmüll auf diesem Planeten herumfliegt und im Meer landet und die Fische umbringt!«

»Sei still, du Blödmann! Ich werde diese Flasche ja hier leer trinken und sie dann dem Imbiss-Wagenbesitzer zurückgeben. Da passiert rein gar nichts!«

»Ach ja,« erwiderte sein Verstand ziemlich spöttisch.

»Du trinkst sie nur leer und lässt sie dann einfach dort, stimmt´s?« Jochen zog einen »Flunsch«, weil er sich ertappt fühlte. »Warte, mein Freund, ich werde jetzt erst einmal dein Gewissen informieren. Das wird dir dann ein bisschen die Hölle heiß machen! Es wird dir Bilder von Tonnen Plastikmüll - also von Tüten, Verpackungen, diesen Plastikflaschen, Joghurt-Bechern, Ketchup-Tütchen und anderem schicken, die mithilfe dubioser Entsorgungsfirmen, den Plastikkram illegal im Meer «entsorgen«. Im Traum wirst du dich dann zum kotzen elend fühlen und dich natürlich auch verantwortlich für das jämmerliche Sterben von Fischen im Meer, die automatisch Partikel davon mit fressen!«, ergänzte ungefragt sein Gewissen.

Jochen gab auf und veränderte schnell noch seine Bestellung. Er bestellte sich stattdessen stilles Mineralwasser in einer Glasflasche, die auch noch Pfand kostete.

»Na geht doch, siehste«, jubilierten Verstand und Gewissen zusammen und schütteten ungefragt noch ein paar Glückshormone zur Belohnung aus.

So fühlte Jochen sich jetzt ausgesprochen gut, obwohl er noch nichts im Magen hatte und auch noch keinen Schluck getrunken hatte. Mit seiner georderten und nun auch übergebenen Bestellung in der Hand, suchte er sich eine kleine Mauer, auf die er sich zum Essen setzte.

Als er satt war, brachte er seinen Müll weg, suchte die Toilette, der nebenan gelegenen Tankstelle, auf und wusch sich dort die Hände. Dann holte er sich noch schnell einen Kaffee im Pappbecher und setzte sich damit in Ruhe auf eine der üblichen Holzbänke mit Tisch davor, die sich im Schatten der Tankstelle befand und rauchte eine Zigarette.

Er begann in aller Ruhe damit, die Skizzen für das Haus, das er plante, zu erstellen. Er hatte ja noch Zeit, bevor er sich in der Klinik mit Frau Buttermann zu dem Fototermin mit den Zwillingen treffen wollte. Den Vertrag seiner Zeitung über die Ausschließlichkeitsrechte und den dazu gehörigen Verrechnungscheck befanden sich in seinem Aktenkoffer, den er bereits in seinem Auto unter dem Sitz sicher und gut verstaut hatte.

Seine kreative Gehirnhälfte hatte den Plan für das Haus, das er bauen wollte, ja bereits erstellt. Er musste nun diese Planung also nur noch aufs Papier übertragen.

Seine Finger beherrschten die Zeichentechnik perfekt und so dauerte es nur ungefähr eine halbe Stunde, bis er die Außenansicht des Gebäudes komplett zu Papier gebracht hatte. Dann er begann auf einem weiteren Blatt damit die inneren Raumaufteilungen des Hauses zu skizzieren. Er plante den Eingangsbereich mit der Kellertreppe nach unten und einer optisch leichten Treppe aus Marmorstufen, die auf einzelnen Metallträgern lagen. Dieser Bereich sollte der Vor-Flur sein und wurde nur mit einer Garderobe und einem großen Schuhschrank ausgestattet. Am Ende des Raumes, gäbe es eine Zimmertür aus Holz, die in einen zweiten Flurführten, von dem aus zwei Kinderzimmer und ein kleines Duschbad inklusive Toilette rechts und links abgingen.

Von diesem Flur gäbe es dann noch zwei weitere Türen, von denen die eine direkt in den Küchenbereich führte und die andere führte direkt ins Wohnzimmer des Hauses.

Von der Küche aus, käme man direkt in ein Esszimmer, das offen an ein großes Wohnzimmer grenzte. Wohnzimmer und Küche wären also von zwei Richtungen aus betretbar. Beim Esszimmer wäre die linke Wand, keine Wand, sondern eine große gläserne Schiebetür, die in einen gläsernen Wintergarten führte.

Aus dem Esszimmer ginge eine weitere Tür in Längsrichtung ab, hinter der sich, von einem kleinen weiteren Flur abgehend, ihr Eltern-Schlafzimmer, ihr Bad sowie ein eigener Arbeitsraum für Pia befinden sollten, der ebenfalls Fenster nach zwei Seiten haben sollte. Dort würde sie dann völlig ungestört arbeiten können.

Als typischer praktischer Deutscher plante er im oberen Stockwerk noch zwei Gästezimmer samt Bädern, Duschen, einer weiteren Küche sowie einen weiteren Büroraum für Pia´s und seine gemeinsamen Unterlagen. Da sollten dann alle Hausunterlagen, Kaufverträge, Steuerunterlagen etc. aufbewahrt und bearbeitet werden können. Das zu kaufende Grundstück müsste ferner genug Platz bieten, um zwei Garagen und einen lauschigen Grillplatz aufnehmen zu können, sowie genügend Platz für Blumen, abschattende Bäume und einen windgeschützten Innenhof aufzunehmen, den man auch von der Terrasse her, betreten könnte.

Der Plan war jetzt fertig und Jochen lehnte sich, zufrieden mit sich selbst, zurück und hielt sich in seinen Gedanken bereits in diesem Haus auf. Ja, er war sogar äußerst zufrieden mit seiner Planung und freute sich bereits darauf, heute Abend Pia den Plan zeigen zu können und ihre Reaktionen darauf erleben zu dürfen.

Natürlich müssten sie sich noch über den Standort und die Lage eines zu kaufenden Grundstücks unterhalten. Wahrscheinlich müsste es außerhalb der Stadt in einem eher ländlichen Bereich liegen, damit das Bauland nicht zu teuer werden würde. Dann allerdings, fiel ihm ein, dass sie dann wahrscheinlich auch zwei Autos benötigen würden, denn außerhalb der Stadt, musste man meist per Auto zum Einkaufen fahren.

Alles zusammen, überschlug er, würde sicherlich mindestens vierhunderttausend Euro kosten. Das würden sie auf jeden Fall finanzieren müssen. Ach ja, einen Architekten würden sie auch noch benötigen, das musste man dann, neben der erforderlichen Baugenehmigung, etc.. auch noch dazurechnen müssen.

Er recherchierte schnell mal, was ein Baudarlehen zurzeit an jährlichen Zinsen kosten würde. Er errechnete den Betrag von mindestens tausendeinhundert Euro pro Monat. Dann kamen die Nebenkosten für Heizung, Wasser, Strom, Grundsteuern, Telefon und Reparaturrücklagen et cetera noch dazu. Da wäre man dann schnell bei mindestens tausendachthundert bis zweitausend Euro pro Monat. das wäre schon ein ziemlicher Batzen Geld, dachte er so für sich. Ob es das denn wert wäre, überlegte er angestrengt vor sich hin, denn man müsste ja auch noch Eventualitäten einplanen. Abgesehen von Reparaturen, die irgendwann erforderlich werden würden, stiegen Steuern, Abgaben et cetera ja eigentlich fast jährlich.

Jochens Enthusiasmus bröckelte bereits und er sah vor seinem inneren Auge dieses Haus vor seinen Augen langsam verschwinden. Nach diesem rechnerischen Überschlag wäre es sehr wahrscheinlich eher als ein sicheres finanzielles Selbstmordkommando anzusehen, wenn man sich ein eigenes Haus neu bauen wollte.

Dieser Gedanke gefiel ihm zwar nicht, aber sein gesunder Menschenverstand hatte doch wohl recht.

Er überlegte, welche möglichen und sinnvollen Alternativen es denn geben könnte. Es dauerte eine Weile, bis er die einzelnen Möglichkeiten durch seinen Kopf hatte laufen lassen. Da finanzielle Risikobereitschaft nicht wirklich seine Stärke war, wäre es wahrscheinlich sicherer und überschaubarer, wenn sie einfach ein geeignetes Haus in einer Gegend anmieten würden, die nicht zu teuer und von der Lage her, zentral genug zu seiner Arbeitsstätte gelegen wäre. Vielleicht gäbe es auch eine Etagenwohnung, die genügend Platz für Kinder hätte und die man budgetverträglich anmieten könnte.

Seine Gesichtszüge hellten sich bei dieser Idee merklich auf und er lächelte leise vor sich hin. »Das war mal endlich eine richtig guter Einfall von Dir, alter Schwede« kommentierte unaufgefordert, aber dafür unüberhörbar, sein eigenes Unterbewusstsein seine Gedanken und er musste automatisch über diesen Kommentar grinsen.

***

12

»Hier, hier« schallte es lautstark aus einem Kirschbaum, dessen knorrige alte Zweige sich unter der Last der reifen gelbroten Glaskirschen bis fast hinunter auf den bereits leicht gelblichen Grasstreifen neben der ausgefahrenen Landstraße gesenkt hatten. Eine anscheinend ältere Frau winkte mit einem rot-weißen Kopftuch mitten aus dem Baum heraus, offensichtlich um Hilfe. Sie sah wohl den Wagen von Jochen Fritsch, der auf seinem Weg zu Isolde Buttermann, dort soeben aus einer lang gestreckten Kurve herauskam.

Jochen konnte das Rufen zwar nicht hören, bemerkte aber das Wedeln eines Kopftuches und fing automatisch an die Geschwindigkeit zu verringern, um vor dem Baum anzuhalten. Er fuhr auf den Randstreifen, schaltete vorsichtshalber den Warnblinker ein und stieg aus.

»Was ist los bei Ihnen, kommen Sie allein nicht mehr aus dem Kirschbaum herunter?«, rief er lautstark in Richtung der Frau.

»Ja, genau, verfluchte Scheiße aber auch. Die Kirschen im Eimer sind zu schwer, um mit dem Eimer nach unten klettern zu können«, brüllte sie zu ihm hinunter.

Jochen musste sich sehr zusammenreißen, um nicht laut loszulachen. Vor seinem geistigen Auge tauchten nämlich automatisch die Bilder eines Affen im Käfig auf, der vor seinem Käfig drei Nüsse aufgesammelt hatte und nun aber diese Hand mit den Nüssen nicht wieder in den Käfig zurückziehen konnte.

Er hatte diese Szenen irgendwann einmal im Fernsehen gesehen und hatte herzlich darüber lachen müssen. Mit diesem Schalk im Sinn setzte er noch einen obendrauf, als er zu sehen glaubte, dass die Oma soeben auch noch weitere Kirschen in ihre Schürze sammelte.

»Oma, was machen Sie denn jetzt grad noch da oben?«

»Ich pflücke noch ein paar weitere Kirschen, wenn Sie schon mal hier sind und mir helfen«, erwiderte sie kess.

»Aha«, antwortete Fritsch verschmitzt, »Sie sammeln also noch mehr Elefantenaugen ein?«

»Wieso Elefantenaugen?«, fragte die Oma verdutzt.

»Wissen Sie denn nicht, warum Elefanten rote Augen haben?« fragte Fritsch, um sie etwas abzulenken.

»Nein,« antwortete die alte Frau verdutzt und irritiert.

»Damit sie sich im Kirschbaum besser tarnen können« erwiderte Fritsch.

»Aha«, antwortete die alte Frau.

»Haben Sie denn schon mal einen Elefanten im Kirschbaum gesehen?«, wollte Fritsch dann von ihr wissen. »Natürlich nicht!«, erwiderte die alte Frau energisch und spuckte verärgert, einen Kirschkern auf ihn hinunter.

»Da können Sie mal sehen, wie gut die sich im Kirschbaum tarnen können«, erwiderte Fritsch mit einem ansteckenden und überaus sympathischen Lachen.

»Wollen Sie mich verarschen?«, erwiderte die alte Frau. »Holen Sie mich hier lieber sofort runter, junger Mann!«

Jochen lachte in sich hinein und war froh, dass die alte Frau jetzt nicht mehr ängstlich war, sondern wütend. Das war eine viel bessere Ausgangsbasis für seine Rettungsaktion, denn Wut beinhaltete auch immer Kraft.

Ihm fiel ein, dass sich im Kofferraum seines Wagens ja noch sein altes und sehr langes, Bergsteigerseil befand. Damit war er vor ungefähr drei Jahren noch in den Bergen des Hexensteins in dem Dolomitengebiet herum geklettert. Das sollte lang genug sein und müsste eigentlich bzw. hoffentlich auch noch haltbar genug sein.

»Ich hole jetzt mein Bergsteigerseil aus meinem Kofferraum und dann werde ich versuchen, Sie damit von dort oben herunter zu holen!«, rief er der alten Frau mit beruhigender Stimme zu und ging schnellen Schrittes zu seinem Wagen. Das Seil befand sich auch wirklich noch, gut aufgewickelt, in einer lichtfesten Plastikhülle in seiner großen Bergsteiger-Box hinten im Kofferraum. Er holte es heraus, zog es dann behutsam aus der Hülle und begann damit, es lang auszurollen, um eine Sichtkontrolle durchführen zu können. Es schien noch vollständig in Ordnung zu sein und so begann er sofort damit, einen sich nicht selbst zuziehenden Seglerknoten, anzufertigen, der eine sich nicht selbstzuziehende Öse bildete. Nach einem taxierenden Blick auf die ungefähre Breite der Schultern, der alten Frau, knotete er auch eine zweite Öse in das Seil.

Er wollte ihr grad zurufen, wie er jetzt verfahren würde, da fiel ihm ein, dass er ja Reporter war und er jetzt ein Foto von der aktuellen Situation machen sollte. Dann könnte er dieses Foto mit einem kurzen Text noch an seinen Chef Hammerschmidt senden. Dieser könnte dann die Bilder - vor der und nach- der Rettung dann noch - mit einem kleinen Text dazu, mit in die heutige Zeitungsausgabe übernehmen.

Er freute sich über diesen Einfall und machte sich sofort daran, im Schutz des hochgeklappten Rückfensters seines Wagens, ein paar Fotos von der jetzigen misslichen Lage der Oma zu schießen.

Dann rief er zu ihr nach oben »ich werde jetzt das Seil mit zwei geknoteten Ösen zu Ihnen hochwerfen. Bitte fangen sie es auf, aber lehnen Sie sich dabei nicht zu weit aus ihrer Position heraus, sonst könnten sie das Gleichgewicht verlieren. Sobald Sie es haben, dann schieben sie Ihre Arme in die Ösen und danach gebe ich Ihnen kurz die Anleitung, wie wir weitermachen werden. Haben Sie mich soweit verstanden?«

»Na klar, ich bin vielleicht unvorsichtig, aber nicht senil in der Birne. Suchen sie lieber, von dort unten aus, einen geeigneten stabilen Ast aus, über den wir dann die Abseilaktion durchführen können!«, erwiderte sie ironisch.

»Jawohl Chefin, geht los« scherzte er lautstark in ihre Richtung zurück und hielt dabei Ausschau nach einer ausreichend stabil aussehenden dicken Astgabelung dieses Kirschbaumes. Diese fand sich glücklicherweise an einer relativ nahen Stelle zu dem derzeitigen Aufenthaltsort dieser waghalsigen Oma. Er wies mit der rechten Hand auf eine Astgabel, die sich in der Nähe ihres linken Armes befand. Die alte Frau wickelte das Seil daraufhin einmal um diese Astgabelung und ließ dann den Rest des Seiles vorsichtig durch die Blätter des Baumes gerade nach unten fallen, sodass sich Jochen die Möglichkeit bot, es sofort zu ergreifen. Er wickelte es so locker es ging, ungefähr auf Bauchhöhe, um einen weiteren stabilen Obstbaum. Dann rief er nach oben zu der alten Frau »Sie können anfangen sich und den Eimer vorsichtig am Seil herunterzulassen. Ich kann jetzt dagegen halten, falls sie beide abrutschen sollten. Ich zähle bis drei und dann legen Sie damit los mit dem Eimer herunterzuklettern. Ich werde gleichzeitig das Seil so wenig straff wie nötig zur Sicherung dagegenhalten um Sie nicht dabei zu behindern.«

»Ok, es kann los gehen!«, rief sie zurück und begann vorsichtig das Seil dreimal um den Henkel des Eimers herumzuwickeln und dann einen doppelten Knoten um ihr Handgelenk zu machen. So hätte der Eimer nicht die Möglichkeit aus ihrer Hand zu rutschen. Bei dem ersten Abstiegsschrittversuch bemerkte sie, dass das so nicht ging. Der Eimer behinderte sie völlig und das Seil schnitt extrem schmerzhaft in ihr Handgelenk.

»Stopp«, schrie sie nach unten.

»Das funktioniert so nicht. Wir müssen das anders machen. Ich denke, wir seilen zuerst einmal den Eimer mit den Kirschen ab und danach sichern Sie mich ab, wenn ich herunterklettere.«

»Ok, dann machen wir es so!«, rief Fritsch nach oben.

Die alte Frau wickelte also jetzt das Seil viermal um den Henkel des Eimers und dann zweimal um einen dickeren Ast, der einen Durchmesser von ungefähr fünfundzwanzig Zentimetern hatte. Dann hielt sie mit der linken Hand den Eimer noch fest und gab dann mit der rechten Hand dem Seil die Möglichkeit langsam abzurutschen. So schwebte der Eimer also ebenfalls langsam in Richtung Erdboden hinunter. Als Fritsch ihn unten vorsichtig in Empfang genommen hatte, löste er das Seil von dem Eimer und rief nach oben »Jetzt müssen Sie das Seil wieder hochziehen!«

Die Frau zog also das Seil wieder zu sich nach oben und begann damit, dieses Seil um ihre Taille zu wickeln, und wollte es dann ebenso mit einem doppelten Knoten ver-schließen. Fritsch sah, was sie da machte und rief laut nach oben: »Stopp, so nicht!. Das müssen wir jetzt anders machen, sonst würde das Seil ihnen die Luft abschnüren, falls Sie abrutschen sollten.«

»Ok«, erwiderte sie, »dann lasse ich das Seil jetzt wieder hinunterfallen und klettere vorsichtig nach unten. Das wird schon klappen« und stieg vorsichtig und langsam, immer vorher nach einem passenden Ast suchend, an dem sie sich mit den Händen festhalten konnte. Dann suchte sie mit dem rechten Fuß zuerst einen Halt weiter unten und nahm geschickt die linke Hand von der Stelle weg, wo sie grad war, und versetzte sie auf einen weiter unten befindlichen Ast. Man konnte sehen, dass sie wohl öfter in Bäumen herum kletterte. Als sie im unteren Drittel des Baumes angekommen war, ergriff sie einen Ast, der direkt am Stamm nur circa zehn Zentimeter Durchmesser hatte und hangelte sich bis zur Mitte dieses Astes hin. Dieser Ast bog sich dabei in Richtung Boden und sie hing dann mit ihren Füssen circa einen Meter über dem Erdboden. In diesem Moment ließ sie den Ast los und landete geschickt abrollend auf der Erde. Fritsch hatte vom Zusehen schon Schweiß auf der Stirn und lief zu ihr hin, um zu schauen, ob sie unverletzt war. Sie war es und er atmete erleichtert auf. »Sie sind anscheinend eine ziemlich geübte Baumkletterin.«

Dann half er ihr dabei aufzustehen und sah sie dabei etwas bewundernd an. Sie war ungefähr 1,68 groß und wirkte schlank, ohne dünn zu sein, denn offensichtlich hatte sie gut ausgeprägte Muskeln, sonst würde sie diese Kletterei in diesem Baum gar nicht hinbekommen.

Sie trug neben einem dunklen T-Shirt eine leichte Sommer-Bundeswehrhose, die über praktische große Seitentaschen verfügte. Er wusste, dass man diese Hosen noch günstig in Internetshops von privaten Anbietern beziehen konnte, und dass sie extrem haltbar sowie wunderbar leicht zu tragen waren. Sie hatten dazu noch die Eigenschaft nicht zu knittern. Man konnte sogar in Ihnen schlafen und dann wieder aufstehen, ohne dass diesen Hosen etwas davon anzusehen war. In den diversen Taschen dieser Hosen konnte man all das reinstecken, was Frau so für unterwegs benötigte. Eine Handtasche war dann eigentlich nicht mehr nötig.

Dann griff er nach seinem Seil und rollte es auf, um es dann wieder in seinem Wagen zu verstauen.

Die Frau klopfte sich jetzt kurz ihr T-Shirt und ihre Hosen ab, um die Laub- und Grasreste zu entfernen. Dann griff sie mit den Worten »ich danke Ihnen sehr für ihre Hilfe, junger Mann« nach ihrem Eimer. »Ich werde jetzt mal mit meinen Eimer heimgehen.«

»In welche Richtung müssen Sie denn jetzt?«, fragte Fritsch fürsorglich. Sie zeigte mit dem Finger in die Fahrtrichtung seines am Straßenrand geparkten Wagens.

»In diese Richtung will ich ja auch fahren, ich nehme Sie und Ihre Kirschen gerne mit«, antwortete Fritsch.

»Dann könnten Sie mir unterwegs auch verraten, was genau Sie mit den Kirschen vorhaben und weshalb Sie diese hier von so einem weit entfernten Baum pflückten.

Gibt es denn keinen solchen Baum in ihrem Garten?«, erweiterte er seine Frage.

Sie grinste ihn fröhlich an und entgegnete mit einem leichten Seufzen in der Stimme »Das genau ist das Problem, junger Mann. Ich habe genauso einen Kirschbaum in meinem eigenen kleinen Garten. Diese Kirschen verkaufe ich vor dem Haus, in dem ich wohne, in kleinen Mitnehmbeuteln. Die Käufer stecken dann das Geld dafür in eine kleine Holzkiste mit Schlitz.

Nun sind meine eigenen Kirschen alle verkauft und die Menschen halten bei mir an, klingeln und fragen nach weiteren Kirschen. Das nervt extrem und so kam ich auf die Idee, die Kirschen hier von dem Baum zu pflücken. Es ist erlaubt - beziehungsweise es wird von der Stadt freundlich geduldet -, weil die sich dadurch die Straßenreinigung spart. Eine Hand wäscht also die andere!« beendete sie, ein bisschen resoluter klingend, ihre Erklärung.

»Ich bin übrigens seit kurzem Rentnerin und die Rente ist so schmal, dass am Ende dieser Rente, noch ganz viel Monat übrig ist. Ohne diesen privaten Hinzuverdienst müsste ich Sozialhilfe beantragen und damit - für mich persönlich - meine Würde verlieren würde. Ich habe zwar mein ganzes Leben lang gearbeitet, aber es ist leider trotzdem so«, beendete sie mit leicht verärgerter Stimme, die Erklärung ihrer Situation.

»Hilf dir selbst, dann hilft dir Gott« ergänzte sie energisch und leicht kampflustig ihre Erklärung ihrer aktuellen Gesamtsituation.

Fritsch hatte ihr aufmerksam zugehört und in seinem Kopf arbeitete es. Er überlegte nachdenklich, ob er vielleicht demnächst selbst einmal persönlich über diese Zustände und deren exakte Zusammenhänge recherchieren sollte, um dann ein fundiertes Sachbuch darüber schreiben zu können.

An den Fenstern seines Wagens glitten riesige, gelbe Rapsfelder an Ihnen vorbei.

»Alles genmanipulierte Monokulturen« kommentierte er zu der alten Frau, das, was sie soeben beide sahen.

»Ja, und das alles wird auch noch mit hochtoxischen, also giftigen, Unkrautvernichtungsmitteln besprüht«, erwiderte seine Beifahrerin.

»Man sollte bzw. muss auf jeden Fall den Kopf einschalten, wenn man einkaufen geht. Es steht natürlich nirgends drauf, wo und vor allem, wie etwas angebaut wird.

Der Dreck, der durch den Regen noch zusätzlich mitgebracht wird, tut das Übrige. Richtige Bioprodukte kann man eigentlich nur noch in einem eigenen Gartengewächshaus züchten. Technische und chemische Fortschritte sind wohl nicht wirklich unbedingt das, was wir Menschen und die Natur benötigen« ergänzte sie noch nachdenklich ihre soeben geäußerten Überlegungen.

Fritsch nickte wortlos und ließ sein Gehirn diese Informationen weiter verarbeiten, damit es vielleicht konstruktive und gute Alternativen produzieren könnte.

Dies war seine eigene Art, wie er zu eigenen neuen Erkenntnissen kam. Dazu musste er seinem Gehirn jedoch Freiraum verschaffen, indem er nicht noch zeitgleich in einer ähnlichen Materie mit seinem Verstand herumkramte. Manchmal benötigte das Gehirn nur Sekunden, manchmal aber auch Tage oder Wochen, um sinnbringende Ergebnisse hervorzubringen. Also angelte er sich jetzt eine Zigarette aus seiner Schachtel und zündete sie an.

Die «Kirschen-Lady» sah ihn kurz von der Seite an und fragte ihn dann spontan danach, ob er auch noch eine Zigarette für sie hätte. Er schaute sie überrascht an, beschloss im selben Moment, dass er jetzt lieber mal nichts sagen sollte, und reichte ihr seine geöffnete Zigarettenschachtel, nebst Feuerzeug zur Selbstbedienung, einfach hinüber.

»Arschloch, über Umweltverschmutzung meckern, aber gleichzeitig selbst rauchen und selbst den Dreck in die Luft schicken«, fauchte ihn sein Gewissen an.

Er tat so, als habe er dies nicht gehört, und wendete sich wieder seiner «Kirschen-Lady» zu, um sie zu fragen, was sie denn wohl zu dieser Betrachtung des Rauchens zu sagen hätte.

Als er jedoch sah, wie sie genussvoll an ihrer Zigarette zog, war im sofort klar, dass sie mit Sicherheit dieselbe Ansicht haben würde, denn sonst würde sie mit Sicherheit nicht selbst rauchen.

So fuhr er einfach kommentarlos weiter und fragte stattdessen »ist es noch weit, bis zu ihrem Haus? Nicht dass ich mit Karacho an ihrem Haus vorbeifahre?«

»Nein, ich sage schon rechtzeitig Bescheid, damit Sie bremsen können und nicht daran vorbeifahren« erwiderte sie lächelnd seine Frage.

»Haben Sie es denn eilig?« forschte sie nach. »Ich wollte sie eigentlich, als kleines Dankeschön, noch auf einen guten türkischen Kaffee bei mir einladen. Sozusagen als kleines Dankeschön für ihre großartige Hilfe.«

»Für einen guten Kaffee habe ich immer Zeit,« erwiderte Fritsch, erfreut lächelnd, ihre freundliche Nachfrage.

»Fein, dann freuen Sie sich mal jetzt schon auf diesen guten türkischen Kaffee und ein leckeres Stück selbst gebackenen Apfelkuchens mit Schlagsahne, aus den Äpfeln meines eigenen Gartenteils, bei mir auf der schattigen Terrasse, die sich auf der Rückseite des Hauses befindet und die jetzt bereits im Schatten liegen dürfte.«

Das klang wie «Milch und Honig« in den Ohren von Fritsch und so fuhr er zügig weiter und wartete ruhig darauf, dass sie ihm schon rechtzeitig bedeuten würde, zu bremsen und anzuhalten.

Drei Minuten später bedeutete sie ihm dann wirklich, dass er jetzt allmählich die Geschwindigkeit reduzieren könne, und wies dabei mit ihrer rechten Hand, auf ein weißes, zweistöckiges Haus auf der rechten Seite dieser Landstraße.

»Sie wohnen in einem eigenen Haus?« fragte er ziemlich überrascht die Rentnerin. »Ja, es ist bereits abbezahlt, erwiderte sie, nur sind jetzt leider schon wieder einmal jede Menge Instandhaltungs- und Anliegerkosten zu bezahlen. Die Gemeinde will Bürgersteige bauen lassen und zeitgleich die Kanalisation erneuern. Das wird dann alles wiedermal auf die Eigentümer der Häuser umgelegt werden. Da man als Rentner bzw. ab einem Alter von ungefähr siebenundsechzig Jahren kein Darlehen mehr bekommt, selbst wenn man noch einiges an finanziellen Rücklagen nachweisen könnte, ist man als Eigentümer eines Hauses echt angeschissen! Dach und Fenster eines Hauses halten so ungefähr fünfunddreißig Jahre, dann fängt das Haus an, einen regelrecht aufzufressen. Nutzt man dann seine Rücklagen für diese notwendigen Reparaturen et cetera, dann wird das Haus ja auch nicht viel mehr wert sein, als vorher. Die Rücklagen sind dann aber weg und als Rentner kann man dann auch keine mehr bilden.

Dafür sind die Renten inzwischen nicht mehr hoch genug. Das ist ein Teufelskreis und in dem stecke ich zurzeit. Ich habe eigentlich nur eine einzige Möglichkeit. Ich müsste mein Haus verkaufen und mir dann irgendwo eine kleine bezahlbare Wohnung suchen. Mein soziales Umfeld und meine persönliche Freiheit wären dann einfach weg.

Für ein Seniorenheim bin ich noch viel zu fit, abgesehen davon, dass ich es wahrscheinlich auch nicht bezahlen könnte. Mein Enkel würde dazu sagen: «Ende im Gelände«.

Jochen Fritsch hatte sehr aufmerksam zugehört und fand hier die Bestätigung seiner eigenen Gedanken bezüglich eines eigenen Hauses.

»Frau Wagner, ich freue mich jetzt schon auf Kaffee und Kuchen bei Ihnen. Wo soll ich denn jetzt meinen Wagen hier parken? Am Straßenrand oder ?«

»Nein, es gibt ein Carport, das zu meinem Haus gehört. Da werde ich sie jetzt rein lotsen und dann mache ich uns sofort den versprochenen türkischen Kaffee. Kuchen und Kaffee nehmen wir dann mit nach draußen auf meine schattige Terrasse. Sie werden es mögen und es ganz bestimmt genießen« beendete sie lächelnd ihre Ansprache und wies ihm per Zeigefinger den Zufahrtsweg zum Carport ihres Hauses. Dort stiegen sie beide aus und sie bot ihm sofort einen Platz an einem runden Echtholztisch unter einer großen alten Birke an. Sie verfrachtete dann ihren Eimer mit den Kirschen direkt in die Küche, von wo aus sie ihm aus dem Fenster zuwinkte.

Jochen Fritsch sah sich inzwischen draußen ganz genau um und rief derweil in Richtung Küche »Ich habe aber nur maximal zwanzig Minuten Zeit, dann muss ich zurück in mein Büro zu meinem Chef. Sonst bekomme ich wirklich richtigen Ärger mit ihm.«

Er wollte doch noch schnell diese, am Kirschbaum geschossenen Fotos, bei diesem hineinreichen, bevor er dann mit dem Vertrag und seiner gesamten Kameraausrüstung zum Krankenhaus zu Frau Buttermann fahren musste.

Die Kirschbaumbezwingerin Sabine Wagner - ihren Namen hatte er zuvor an der Eingangstür des Hauses bemerkt - erschien nun mit einem Tablett, auf dem Kuchen und Kaffee standen. Sie stellte es direkt vor ihm ab und sie griffen beide zu und genossen zusammen ihre Nachmittagsstärkung. Frau Wagner, als die ältere von ihnen beiden, bot ihm spontan das «Du« an. Völlig perplex, nahm er es, ohne nachzudenken, spontan an.

»Ich bin Jochen Fritsch« antwortete er automatisch und ergänzte spontan »ich habe grad eben eine, so glaube ich jedenfalls, gute Idee. Ich möchte heute Abend meiner Verlobten Pia einen Heiratsantrag machen. Wir wohnen noch nicht zusammen und wir müssten eine Wohnung suchen. Pia arbeitet von zuhause aus, da sie als angestellte Mode-Designerin arbeitet.

Dein Haus ist doch zweistöckig, was würdest du davon, halten uns eine Etage davon zu vermieten? Du hättest dadurch weitere Einnahmen, die dir sicher das Leben erleichtern würden und du wärst nicht mehr allein mit der Arbeit in Garten und Haus. Die Einnahmen müsstest du dann natürlich versteuern, doch die Hälfte aller Kosten für dein Haus könntest du dadurch von der Steuer komplett absetzen, was du zurzeit ja nicht kannst. Das gäbe dir finanziell richtig Luft und für uns wiederum wäre es ebenfalls besser, als selbst ein Haus zu kaufen. Was hältst du von dieser Idee?«

Es dauerte einen Moment, bis Sabine antwortete, da sie zuerst darüber nachdenken musste.

»Finanziell wäre das natürlich absolut befreiend, praktisch möchte ich dann im Obergeschoß wohnen. Eure Kinder können dann ruhig Krach im Erdgeschoß machen, das höre ich dann oben nicht. Falls ich die Treppe irgendwann nicht mehr allein schaffen sollte, so würde ich mir einfach einen schicken Treppenlift besorgen.«

Jochens Gesicht leuchtete, denn er wollte auf jeden Fall unten wohnen und Sabine würde oben sicherlich keine Trampelei oder Krach veranstalten, da war er sich sicher.

»Fein, ich werde heute Abend mit Pia reden und dich dann morgen anrufen.«

Beide verabschiedeten sich ziemlich gut gelaunt und Jochen setzte sich in sein Auto, um sich auf den Weg in die Klinik, zu Frau Buttermann zu machen.

***

13

An der Tür klingelte es und der Postbote überreichte Sabine Wagner ihre Post. Es war derselbe Postbote, wie immer und da er diese Route seit Jahren fuhr, warf er die Post nicht einfach ein, sondern klingelte bei den älteren Menschen immer an der Tür, weil die meistens von ihnen jemanden zum Reden brauchten. Ein kleiner Klön schnack war für viele dieser Menschen oft der einzige Außenkontakt. Er kannte das ziemlich genau von seiner eigenen Großmutter, die auch in einem Einzelhaus wohnte. Die älteren Menschen, die in einem Mietshaus wohnten, hatten es da deutlich besser. Sie hatten zumindest kurze Kontakte im Treppenhaus oder im Fahrstuhl.

Frau Wagner begrüßte ihn mit den Worten »Guten Tag, was haben Sie denn heute Schönes für mich?« und streckte dabei bereits ihre Hand aus. »Nun, ich weiß nicht, ob es wirklich etwas Schönes ist«, erwiderte er mit gerunzelter Stirn. »Es ist ein Brief von einer Behörde und das bedeutet meistens eher etwas nicht so Angenehmes, Frau Wagner« kommentierte er in einem fürsorglichen und zugleich mitfühlenden Tonfall und händigte ihr zugleich diesen Brief aus.

»Na, wird schon nicht so schlimm sein« erwiderte sie lächelnd aus ihrer derzeitig richtig guten Stimmungslage heraus.

»Nehmen Sie sich mal ein paar Kirschen aus meinem Verkaufs-körbchen am Zaun mit. Die sind erst vor circa zwei Stunden gepflückt worden. Frischer geht´s kaum!«

»Mache ich gern Chefin, vielen Dank!« erwiderte er gut-gelaunt und zog dabei bereits das Gartentor hinter sich zu.

Sabine drückte ihre Haustür zu, legte den Brief auf ih-rem Küchentisch ab und stellte ihre Kaffeemaschine an, um sich einen Pott frischen Kaffee zu machen. Als die-ser fertig war, nahm sie einen Schluck davon, steckte sich eine Zigarette an, nahm zwei Züge und öffnete dann den Umschlag. Sie sah den Absender, der ein Hauptzollamt war. Sachgebiet Vollstreckung stand da-runter. Es ging um eine Beitragsnachforderung von Krankenkassenbeiträgen für einen Zeitraum von einein-halb Jahren aus Jahren, der bereits mehr als vier Jahre her war und für den ihr nie eine Berechnung bzw. eine Forderung zugestellt wurde.

Ihr schwoll die Halsschlagader an und sie hätte am liebsten sofort jemanden ermordet. Sie benötigte zwei weitere »Glimmstängel« und noch einen Pott Kaffee, bis sie bereit war, ihre Krankenkasse anzurufen. Sie hörte dort dann aber nur die Ansage »bitte warten, bitte war-ten, wir sind bald für sie da.«

Am liebsten hätte sie jetzt sofort jemandem den Hals umgedreht. Ohnmächtige Wut stieg in ihr auf und es war gut, dass sich niemand in ihrer Nähe befand. Sie

trommelte mit den Fäusten auf dem Küchentisch herum, bis diese anfingen ernsthaft zu
schmerzen. »Scheiß Bananenrepublik!«, fluchte sie lautstark und heulte dann weiterhin vor sich hin.

Als sie sich wieder im Griff hatte, fiel ihr ein, dass es ja einen Trick gab, um das zu umgehen. Sie rief also bei der Rentenabteilung der Krankenkasse an und bat, die sich dort freundlich meldende Frau, darum sie zu der zuständigen Stelle im Haus zu verbinden. Sie wusste, dass dies dann klappen würde, warum auch immer. Es meldete sich dann eine männliche Stimme, die ihr auseinanderklamüserte, dass diese Forderung direkt aus der Zeit resultierte, in der sie einen Euro zu wenig Gehalt bekommen hatte, und damit dann in die Knappschaftsversicherung gefallen war, die aber keine Krankenversicherungsbeiträge einbehalte bzw. abführe. Diese Forderung sei also berechtigt und müsse daher von ihr bezahlt werden, natürlich samt Zinsen und Säumniszuschlägen, sowie den Kosten eines Gerichtsvollziehers natürlich, der sich bei ihr dann sicher in Kürze melden würde.

Sabine sah schon vor ihrem geistigen Auge, wie ein sicherlich unsympathischer und unfreundlicher Kerl bei ihr im Haus erscheinen würde und alle ihre Habe durchstöbern würde. Eine grässliche Vorstellung, wie irgendein fremder Kerl in ihren persönlichen Sachen herumkramte, lief jetzt vor ihrem inneren Auge vor ihr ab.

Plötzlich fiel ihr der Reporter Jochen Fritsch wieder ein, und ihr Gesicht erhellte sich. Durch seine Mietzahlungen würde sie ja Einnahmen haben, von denen sie dann in ratierlichen Monatsraten diese Forderung würde bezahlen können. Wie gut nur, dass sie im Baum steckengeblieben war. Manchmal fügte sich anscheinend doch vieles, wie nach einem göttlichen Plan von dort oben.

Sie entspannte sich jetzt komplett und fing an, eine alte Operettenmelodie vor sich hin zu summen ... »denn ich bin klug und weise, und mich betrügt man nicht.«

Ihr fiel dann plötzlich noch ein, dass sie bestimmt mit diesem Gerichtsvollzieher auch einen Ratenzahlungsplan vereinbaren könnte, denn als Rentnerin war ihre Rente noch unter dem Sozialhilfebetrag, da würde dieser bestimmt zustimmen, um das Geld für diese Forderung eintreiben zu können.

»Ja, das ist die Lösung des Problems«, dachte sie, zufrieden mit sich selbst.

Da sie grade beim Denken über sich selbst und ihre »Probleme« war, fiel ihr ein, wie sie vielleicht ihre eigene Freizeit noch sinnvoller nützen könnte. Sie könnte zum Beispiel mal ein Buch schreiben. Das wäre echt gut, da könnte sie dann ja auch ihre persönliche Meinung über Politiker und deren Stärken oder auch deren Schwächen zu äußern. Auch über skandalöse Zustände in politischen oder wirtschaftlichen oder auch privaten Bereichen dieses Landes, sowie in anderen Ländern könnte sie sich äußern und diese mit ins Buch schreiben. Das wäre eine gute und sinnvolle Beschäftigung für einen Rentner/Rentnerin.

Schulsysteme, Schulgebäude und deren miserablen Zustände und Kindergärten et cetera, könnte sie damit ebenfalls mal an die Öffentlichkeit zerren, und im Zusammenhang darstellen.

Sie fand die Idee so klasse, dass sie ihr Telefon ergriff und sofort den Reporter Jochen Fritsch anrufen wollte, damit sie ihre wundervolle Idee mit ihm teilen könnte.

Nach zweimaligem Klingeln meldete sich Fritsch dann auch mit den Worten, »Na, meine Kirschen Lady, was hast du denn noch auf dem Herzen?«

»Ich hatte grad eine tolle Idee und möchte sie dir mal kurz erzählen und hören, wie du sie findest.«

Dann begann sie ihm ihre Vorstellung von dem Buch zu erzählen, das sie schreiben wollte und wie toll sie das fände, als Rentnerin, mal öffentlich auf den Putz zu hauen.

Jochen hörte genau zu, atmete tief durch und überlegte dabei, wie er es ihr schonend beibringen könnte. Um dafür etwas Zeit zu gewinnen, antwortete er »Moment, ich muss das mal kurz durchdenken und meine Gedanken für dich verständlich strukturieren. Stehst du oder sitzt du grad?«, ergänzte er seinen Satz.

»Na, ich sitze am Küchentisch, rauche eine und habe einen Zettel vor mir, auf den ich meine Idee und meine Gedanken dazu, aufgeschrieben habe.«

»Gut, prima!«, erwiderte er mit sanfter Stimme. »Mit dieser tollen Idee würdest du dich leider strafbar machen. Nur Reporter, die für ihre Zeitungen schreiben, dürfen so etwas. In dem Fall ist der Redaktionschef dafür verantwortlich, was gedruckt wird und wie sauber es recherchiert wurde. Der Zeitungsverlag selbst steht nämlich bei unrichtigen Berichten oder gar Falschmeldungen in der Haftung. Also darf man zwar berichten, muss aber dabei die Kommentierung auch absolut wasserdicht und nachweisbar korrekt auf Papier bringen, das ist leider die, seit Ewigkeit geltende, Rechtslage in unserem Heimatland, der Bundesrepublik Deutschland.«

»Würdest du, als Privatperson, in einem Buch genau diese Fakten schreiben, dann wirst du zwingend damit rechnen müssen, dass die Rechtsanwälte dieser Menschen, über die du berichtet hast, sich ein Loch in den Bauch freuen und schon richtig viel Geld schnuppern. Sie würden ihre Mandanten, also die Leute, über die du schreiben willst, vertreten und in deren Auftrag immens hohe Schadensersatzgelder für angebliche Verleumdung einfordern und du müsstest, als die Beklagte, auch noch deren fette Honorare bezahlen müssen, sowie natürlich die Gerichtskosten. Von der Tatsache, dass Du auch noch strafrechtlich belangt werden würdest, will ich jetzt gar nicht weiter reden! Unsere deutschen Gefängnisse sind zwar nicht so schlimm wie die in den USA, aber ich möchte dich wirklich nicht dort besuchen müssen!«, ergänzte er seine «Aufklärungsaktion« mit einer Autorität, die ihm Sabine nicht zugetraut hätte.

Jochen Fritsch hielt nun einen Moment inne und wartete ab, ob, wie und was Sabine erwidern würde.

Circa eine halbe Minute später hörte er einen Schwall höchst erboster Worte, die selbst einen Bauarbeiter zum Erröten gebracht hätten. Sie fluchte wirklich schlimmer als ein ganzer Trupp von Bauarbeitern. Er ließ sie zu Ende fluchen und dann machte er ihr ein Angebot, das sie besänftigen würde.

»Sabine, komm mal runter! Ich habe soeben eine Idee, die ich dir nun vorschlagen werde. Wenn du das wirklich zu Papier bringst und ich mit meinem Chef darüber sprechen würde, dass unsere Tageszeitung deine Gedanken als sogenannten Leserkommentare mit aufnimmt und druckt? Vielleicht könnte er auch so etwas wie eine Kolumne gestalten, wo du in Etappen solche und andere Dinge von dir geben kannst. Ich kann mir sogar vorstellen, dass er dafür sogar auch ein Honorar für dich herausrücken würde.«

Sabine hatte ihm mucksmäuschenstill zugehört und quietschte dann begeistert in den Hörer:

»Das wäre ja wirklich «Supercalifragilistischexpialigorisch!« Meinst Du echt, dass dein Chef da mitgehen würde?« »Klar, warum nicht?«, gab Fritsch zur Antwort und ergänzte: »Ich werde ihm die Vorteile aufzählen und dann wird er es sicherlich machen«, beendete er seine ausgesprochenen Überlegungen und fügte dann hinzu: »Jetzt muss ich aber los zu einer Fotoreportage mit Zwillingsfrühchen im hiesigen Krankenhaus. Ich werde dich später noch mal anrufen, vielleicht aber auch erst übermorgen. Mal sehen, wie ich das zeitlich alles auf die Reihe bekomme,«

Er beendete das Gespräch mit ihr, indem er kurz entschlossen auflegte.

Sabine sann noch einmal über das, soeben mit Jochen Besprochene nach. Sie begann sofort damit, sich eine Liste mit Themen aufzuschreiben, über die sie später schreiben wollte. Danach überlegte sie sich, mit welchen

Themen sie anfangen wollte, und welche sie erst später anfassen wollte. Dann setzte sie diese Arbeit konsequent fort und schrieb sich Stichpunkte zu den ersten Themen auf, mit denen sie sich befassen wollte. Die Inhalte dieser Schmierzettel übertrug sie dann in eine Excel Tabelle, um darin dann weiter untergliedern zu können.

Als erstes Thema wollte sie sich mit dem Verhältnis von dem jetzigen amerikanischen Präsidenten Trump zu dem russischen Staatschef Putin befassen. Dann stand als Nächstes die internationale Flüchtlingshilfe auf ihrer Liste. Dann sollten - ihr Telefon klingelte sie plötzlich aus ihrem Arbeitsprozess heraus - und sie nahm das Gespräch an, da sie im Display sehen konnte, dass ihr Onkel, der auch ihr Pate war, sie anklingelte. Er war der einzige Verwandte, mit dem sie zurzeit noch Kontakt hatte. Alle anderen waren entweder tot oder lebten ihr eigenes Leben. Familiäre Kontakte hielten sie nicht für wichtig. Die einzigen Kontaktpunkte waren elektronische Geburtstagsgrüße, bzw. elektronische Weihnachtsgrüße, obwohl sie selbst nicht einmal Kinder hatten, die sie davon abhalten würden.

Nun ja, Familie kann man sich eben nicht aussuchen, Freunde und Bekannte aber schon. Da war man gottlob frei und es lag an einem selbst, solche Beziehungen zu pflegen und aufrecht zu halten.

»Hallo Pieter, wie geht es Euch beiden? Schön dass du anrufst.«

»Grüß Gott, Sabinchen«, scherzte er, denn er wusste genau, dass sie diese Verkleinerungsform nicht mochte und darauf entsprechend reagieren würde. »Hi, Onkelchen, höre auf mich zu necken und erzähle mir lieber, wie es Euch beiden und allen Kindern und Enkeln so geht« und lachte scherzend in den Telefonhörer.«

»Macht doch mal die Freisprechanlage an, damit ich alle hören kann, ergänzte sie lachend« und hörte dabei ihre Tante im Hintergrund ordentlich mit zwei der Enkelkinder schimpfen »ihr Ferkel, nehmt sofort die Finger aus dem warmen Schokoladenpudding!«

Die Ferkel gehorchten anscheinend und es war kurz still im Hintergrund, bis plötzlich ihr Onkel Pieter ein Machtwort zu seiner Frau in den Raum schrie »Charlotte, deine Enkelkinder haben jetzt die Finger auch noch in dem Kochtopf mit der Vanillesoße, unternimm was gegen diese Ferkeleien!«

Charlottes spontanes schallendes Lachen war daraufhin zu hören und danach folgte ihre Ansage:

»Ihr Ferkel sollt die Finger sofort auch aus der Vanillesoße nehmen, befiehlt Euch der Eber, also euer Opa.«

»Wie jetzt?«, fragte Sabines Onkel Pieter laut in den Raum hinter sich.

»Charlotte, wieso betitelst du mich jetzt als Eber, das ist doch wohl nicht dein Ernst?«

»Doch, Schatz, das ist mein Ernst. Wenn die Ferkel unsere Enkel sind, dann ist rein biologisch gesehen, glasklar und logisch, dass du selbst ein Eber bist.«

Es folgte eine kurze Denkpause ihres Onkels und dann hörte sie ihn, knirschend und leicht grunzend, entgegnen: »Ok, ich bin ein Schwein, ich bin ein Schwein, das man biologisch korrekt gesehen, als Eber bezeichnet.«

Danach hörte Sabine erst einmal kurz nichts mehr und dann ertönte plötzlich ein ziemlich lautes Grunzen aus ihrem Telefonhörer, das aber eher dem Grunzen eines Wildschweins ähnelte. Sie hatte jetzt echte Schwierigkeiten, ihr Lachen zu unterdrücken bzw. es zu verheimlichen. Sie musste nämlich automatisch an eine Szene aus einem Film mit Komikfiguren denken, worin ein zwergengrosser Krieger und auch ein ziemlich unförmiger und kugelrunder Typ mitspielten, dessen Hosen blau-weiß gestreift waren, und welcher von einem Zauberer aufgefordert wurde zu sagen, »Ich bin ein Wildschwein, ich bin ein Wildschwein, ich bin ein Wildschwein und dabei laut grunzte.

Die gleiche Assoziation musste auch Charlotte haben, denn sie ereilte ein Lachanfall, der mindestens fünf Minuten andauerte.

Sabine wartete solange, bis Charlotte sich ausgelacht hatte und danach erst einmal mal für circa zwei Minuten atemlos keuchte, bevor sie wieder in der Lage war, normal reden zu können. Dann ergriff Sabine wieder das Wort, und pustete salopp durch den Hörer »Ich habe jetzt viel gehört und weiß jetzt genau, dass es euch so gut geht, dass ihr sogar Schweinereien überstehen könnt!«

»Ja, Sabine«, erwiderte Pieter, »so ist es. Aber wie geht es dir denn eigentlich und was gibt es denn bei dir Neues?«

»Oh, einiges«, erwiderte Sabine gut gelaunt.

»Was möchtest du zuerst hören?«

Pieter forderte sie also auf, der zeitlichen Reihenfolge nach zu erzählen. So erzählte sie ihm ausführlich von ihrem Kirschbaumabenteuer und der Rettung durch den jungen Reporter Fritsch. Sie informierte ihn auch detailliert über die mit ihm geschmiedeten Pläne über den Einzug als Mieter ins Erdgeschoss ihres Hauses. Natürlich erwähnte sie auch das Angebot von Fritsch, der mit seinem Chef über eine mögliche Mitarbeit von ihr, in der Zeitungsredaktion der Lokalzeitung ihrer Stadt, sprechen wollte. Er würde versuchen den Chefredakteur auch dazu zu bringen, dass sie für ihre Aufwendungen kleine Aufwandsentschädigungen für Material, Strom erhalten würde. Kurz gesagt »ich habe eventuell eine Art von Job mit Bezahlung in Aussicht. Das wäre doch perfekt für mich, oder was meinst du?«

»Ja, ich denke, dass könnte eine gute Sache für Dich sein. Du müsstest nicht mehr auf Bäume zu steigen, um Kirschen verkaufen zu können, und hättest wiedermal was sinnvolles um sie Ohren, statt dich zu langweilen«, denn mit gut vierundsechzig Jahren bist du noch viel zu jung, um dich langweilen zu müssen«, beendete er seine Rede an sie.

»Mach was daraus, ich drücke dir jedenfalls die Daumen, dass es klappt und funktioniert. Halte mich einfach weiter auf dem Laufenden. Melde dich einfach, falls du meine Hilfe benötigen solltest.« schrie er fast in den Hörer, weil Charlotte wiedermal randalierte, und dann beendete das Gespräch mit einem kurzen »tschüss Blondie« und legte auf.

Laut vor sich hin fluchend legte Sabine ihr Telefon auf den Schreibtisch, an dem sie grad saß, denn sie hasste es, wie der Teufel das Weihwasser, «Blondie« genannt zu werden. Dieser Ausdruck beinhaltete für sie, und wohl auch für die Allgemeinheit der Menschen, eine unausgesprochene Bewertung als eine geistig etwas minderbemittelte und oberflächliche weibliche Person.

Sie hatte auch noch nie gehört, dass jemand «Blondie» zu einem blonden männlichen Wesen gesagt hätte.

Dann gab sie sich einen Ruck, entschloss sich dazu, sich einfach nicht mehr darüber zu ärgern, bzw. ihren Ärger in Arbeitsenergie umzusetzen. Sie begann also unwirsch damit diesen Wäscheberg zu sortieren und entschied eisenhart, diesen ganzen Kram nochmals in ihren Waschtrockner zu werfen und ihn kurz lauwarm zu waschen, um dann wirklich die vorhandene Trocknerfunktion zu benutzen, was sie sonst nicht tat, weil sie Strom sparen wollte.

Wahrscheinlich verbrauchte das Bügeleisen sogar noch mehr Strom als der Trockner. Sie durfte diesmal nur die Zeit nicht verpassen, denn die Wäsche, musste laut Anleitung, sofort aus dem Trockner genommen werden, sonst wurde sie knitterig und müsste gebügelt werden - so wie jetzt grade eben.

Sie schlug sich mit der flachen Hand gegen die Stirn und betitelte sich selbst, ziemlich lautstark mit dem Wort, «Schwachmat».

»Meine eigene Blödheit, man sollte eben doch mal eine Bedienungsanweisung komplett lesen, anstatt sofort loszulegen« schimpfte sie entschlossen mit sich selbst und fing an dann aber zu singen » zwei mal drei macht vier, widdewiddewitt und drei, macht Neune! Ich mach mir die Welt, widdewiddewitt, wie sie mir gefällt!«

Das wiederholte sie aus lauter Spaß an der Freude, dann gleich noch mal, so laut sie nur konnte.

Danach fühlte sie sich wieder gut und erledigte, was eben gemacht werden musste.

***

14

Jochen Fritsch machte sich auf den Weg zur Klinik, um Isolde zu treffen und mit ihr über die alleinigen Bild- und Berichtsrechte für die lokale Zeitung zu verhandeln.

Den Verrechnungsscheck sowie den Vertrag hatte er in seiner Aktentasche hinten auf dem Rücksitz seines Wagens. Er fühlte sich, trotz der herrschenden Affenhitze, immer noch richtig gut drauf, weil der Tag für ihn bisher eigentlich nur Gutes mit sich gebracht hatte.

»Dieser Tag hatte es einfach irgendwie positiv in sich. Ich habe heute wirklich viel erreicht und den Rest werde ich nun sicherlich auch noch problemlos bewältigen können«, dachte er optimistisch lächelnd vor sich hin.

Es war seine persönliche Devise, stets immer optimistisch zu denken, denn er hatte bereits seit langem festgestellt, dass sich sowohl pessimistische, als auch optimistische Gedanken irgendwie von selbst in die entsprechend eingeschlagene Richtung manifestierten und dann dementsprechende Ergebnisse hervorriefen.

Wenn er also pessimistisch über eine Sache dachte, dann klappte sie trotz größter Anstrengungen einfach nicht. Dachte er dagegen optimistisch, dann ging alles fast von selbst in Richtung des gewünschten Ergebnisses. Lächelnd über seine Gedanken, startete er den Motor und schlug den direkten Weg in Richtung Klinik ein und gab zügig Vollgas. Er kam auch gut durch, sodass er sich den Ohrstecker seines Handys ins Ohr steckte und Isolde Buttermann, die Ehefrau des Mannes, der grad entbunden hatte, anklingelte, um ihr mitzuteilen, dass er jetzt auf dem Weg zu ihr sei. Er bat sie auch gleich darum, für ihn in circa zehn Minuten bitte ein eiskaltes alkoholfreies Bier zu bestellen, da er merkte, dass sein Körper irgendeinen Nährstoffbedarf hatte. Dann war für ihn immer Bier das beste und sicherste Mittel.

Isolde, die mit der Verstärkung, ihrer Freundin Susanne, auf der Terrasse der Cafeteria der Klinik bereits auf ihn wartete, atmete erleichtert auf.

»Die blöde Warterei hat jetzt endlich ein Ende«, sagte sie zu Susanne. Diese nickte zustimmend und wedelte bereits nach der Bedienung und gab diese Vorbestellung auf. Die Freundinnen waren froh, dass es jetzt alles weiterging. Isolde fieberte darauf, jetzt endlich ihren Ehemann besuchen zu können. Selbstverständlich lag ihr auch die Sache mit dem Fototermin ihrer beiden Töchter, die noch im Brutkasten lagen, genauso am Herzen. Sie versprach sich davon ja auch noch einige Euros, die sie für die Babyausstattung und solche Verbrauchsartikel wie Windeln, Waschmittel et cetera, für die beiden Lütten benötigen würde. Sie plante gedanklich das zukünftige Kinderzimmer der Zwillinge und versuchte die nötigen Anschaffungen zu planen und in Geldeinheiten umzusetzen. Das Ergebnis ihrer Planung lag bei ungefähr eintausend Euro. Damit müsste sie wohl klarkommen. Die nötige Kinderbekleidung hatte sie allerdings vergessen mit einzurechnen. Dieser Gedanke kam ihr grade noch in den Kopf, als Jochen Fritsch schon auftauchte und sich japsend auf den Stuhl fallen ließ. Dann lehnte er vorsichtig seine komplette Kameraausrüstung an den Stuhl, damit sie nicht umkippte.

»So, jetzt ist alles hier, was wir brauchen«, japste er, denn diese Ausrüstung war ziemlich schwer.

»Jetzt brauche ich aber dringend mein Bier bitte«, und schaute sich suchend auf dem Tisch um. Da stand das Bier jedoch nicht, weil Isolde es unter den Tisch in den Schatten gestellt hatte. Sie holte es hervor und reichte ihm die Flasche, die er öffnete und sofort die Hälfte der Flasche austrank. Den Rest kippte er sich dann manierlich in das dafür vorgesehene Bierglas.

Susanne, Isoldes Freundin, schaute sie von der Seite an und grinste verständnisvoll, was so viel bedeuten sollte, wie «typisch Mann.«

Das brachte ihr sofort einen leichten Ellbogenstoß von Isolde ein, die den Reporter ja nicht verärgern wollte. »Ist es jetzt ein bisschen besser?«, fragte sie mitfühlend und lächelte ihn aufmunternd an.

»Jo, jetzt geht´s mir viel besser«, erwiderte Fritsch und begann den Tisch etwas leer zu räumen, indem er alles an eine Seite schob, damit er seine mitgebrachte Aktentasche daraufstellen und öffnen konnte. Er zog die Mappe mit dem vorbereiteten Vertrag heraus und öffnete sie. »Ich habe mit meinem Chef gesprochen und hart mit ihm verhandelt. Ich konnte ihm etwas schmackhaft machen, was Ihnen etwas mehr Geld einbringen könnte, sofern sie damit einverstanden sind.«

Isolde schaute ihn fragend an, und erwiderte verdutzt »Ja, mit was sollte ich denn zusätzlich einverstanden sein?«

»Ich habe mir überlegt, dass es für Sie sicherlich noch mehr Anschaffungen und Kosten für die Zwillinge geben wird, die Sie noch nicht mit eingeplant haben. Ferner ging mir durch den Kopf, dass Sie sich sicherlich eine kontrollierbare und seriöse Berichterstattung über die Zwillinge und dann natürlich auch über ihre Familie, würden haben wollen. Also nicht nach dem Bildzeitungsprinzip«, ergänzte er noch und machte eine kleine Pause, um die Spannung zu erhöhen.

Er sah dabei Isolde leicht zustimmend nicken, was ihn bestätigte. »So habe ich meinem Chef vorgeschlagen, dass Sie unserer Lokalzeitung die alleinigen Berichtsrechte über die Geburt und das eventuelle weitere Geschehen geben. Es darf dann keine andere Zeitung darüber irgendetwas Anderes oder Falsches berichten. Was wir dann in unserer örtlichen Zeitung über Ihre Geschichte drucken wollen, würden wir immer vorher mit Ihnen absprechen. Ich habe unterstellt, dass das in ihrem Sinne ist. Ist das soweit richtig?«

Isolde hatte schon während seiner Ansprache bestätigend mit dem Kopf genickt, sodass Fritsch sich auf der richtigen Spur sah.

»Ich habe diesen Vertrag mit und Sie könnten ihn ruhig beide lesen und Sie werden dabei sehen, dass unsere Lokalzeitung, außer dieser mit Ihnen vorher abgesprochenen Berichterstattung, ihnen eine Beteiligung an den sicherlich jetzt noch nötigen Anschaffungskosten für Kinderzimmer, Kinderkleidung, Windeln et cetera zusagt. Wenn Sie mögen, lesen sie ihn beide in Ruhe durch und sagen mir dann, ob Sie damit einverstanden sind.«

Isolde und Susanne streckten beide bereits die rechte Hand aus und Fritsch legte den Vertrag in Isoldes Hände.

Beide fingen an, zusammen den Vertrag zu lesen, und Fritsch sah sie dabei nicken. Dann schaute Isolde hoch und streckte ihm die Hand entgegen und bedankte sich strahlend für seine Ideen und seine Mühe.

»Geben Sie mir mal Ihren Kugelschreiber, damit ich unterschreiben kann«, ergänzte sie.

Nachdem die Unterschrift auf dem Vertrag war, nahm Fritsch sein Exemplar für das Büro mit und ließ das zweite Exemplar in Isoldes Händen. Dann fasste er nochmals in seine Aktentasche und überreichte ihr den Verrechnungsscheck über zweitausendfünfhundert Euro. Dann erklärte er ihr, dass dieser nur auf ihrem eigenen Konto gutgeschrieben werden könne, damit kein Unsinn bei einem eventuellen Verlust des Schecks geschehen könne. Spontan sprang Isolde auf und umarmte Jochen Fritsch mit einem Schwall von Dankesworten, was diesem bereits leicht unangenehm wurde. Darum machte er sich sanft los und schlug vor, dass sie jetzt am besten mal mit ihm losginge, um erst einmal die Babys zu fotografieren und dann, mit diesen Bildern auf der Kamera, ihren Ehemann zu besuchen, um auch ihm dann die Bilder seiner Babys zeigen zu können.

»Ihre Freundin kann in der Zwischenzeit am besten hier warten und die Unterlagen sowie ihre Handtasche bewachen, damit Sie dies nicht alles mit in die Klinik schleppen müssen« ergänzte er resolut, und stand auf. Dann hängte er sich seine Kameraausrüstung über die linke Schulter und drehte sich in Richtung der Klinik um. Nach den ersten sechs Schritten vergewisserte er sich, dass Isolde ihm auch wirklich direkt hinterher ging.

Sie gingen zusammen zum Empfang der Klinik und erkundigten sich nach dem Zimmer, auf dem der Ehemann von Isolde - Thomas Buttermann - denn jetzt lag.

Sie erhielten die Auskunft, dass er jetzt im grünen Bereich auf Zimmer Nummer zwei läge. Dann führte eine Krankenschwester Isolde Buttermann und den Reporter Jochen Fritsch direkt zum Bereich, der Frühchen-Station. Isolde lief sofort zu dem Glaskasten, wo die Zwillinge sich befanden. Sie waren ziemlich klein, etwa so die Hälfte eines durchschnittlichen Babys.

Isolde verspürte den Wunsch, die beiden zu berühren, beziehungsweise sie zu streicheln und zu liebkosen, was sie aber nicht durfte.

Fritsch packte dort seine Kamera und eine spezielle Leuchte zur richtigen Ausleuchtung aus. Er stellte alles auf, richtete alles richtig auf und schoss dann in schneller Folge ganz viele Bilder. Danach sah er sich die Bilder auf der Kamera direkt an und kontrollierte deren Qualität auf Bildschärfe und genaue Erkennbarkeit der Zwillinge. Er war noch nicht ganz zufrieden damit und schoss noch weitere Fotos. Die folgende Kontrolle stellte ihn anscheinen zufrieden, denn er nickte und murmelte so etwas wie »sicht gut aus.«

Dann packte er sich wieder alles über die Schulter und machte sich mit Isolde Buttermann zusammen auf den

Weg zu ihrem Ehemann im grünen Bereich dieses Krankenhauses. Um diesen grünen Bereich zu erreichen, mussten sie nochmals eine vorbeilaufende Krankenschwester befragen, denn sie fanden ihn nicht. Diese bereits etwas ältere Krankenschwester fasste in ihre Kitteltasche und zog einen kleinen weißen Block heraus, auf dem sie die genaue Laufroute aufzeichnete und dann Isolde diesen Zettel in die Hand drückte.

Zusätzlich erklärte sie den beiden noch, welchen Lift sie am besten nehmen sollten. Danach lief sie eilig weiter zu einem Zimmer, an dem die Alarmleuchte anzeigte, dass jemand Hilfe benötigte. Aus drei weiteren Zimmern leuchteten gleichzeitig ebenfalls noch Lampen, die anzeigten, dass irgendwas benötigt würde.

»Anscheinend haben die hier wirklich genügend zu tun, um sich um alle diejenigen Patienten zu kümmern, die Hilfe benötigen«, sagte Isolde. »Oh je, die tun mir leid, dass muss ja ein Dauermarathon für das Personal hier sein. Dazu kommen auch noch Leute, wie wir, die Auskünfte benötigen«, kommentierte Isolde bedrückt das Geschehen auf diesem Flur.

»Ja, aber lassen Sie uns jetzt erst einmal das Zimmer Ihres Mannes suchen und ihm die Fotos von den Zwillingen zeigen« erwiderte Jochen Fritsch mit ganz sanfter, aber trotzdem bestimmter Stimme. »Er wird es bestimmt kaum abwarten können, die Bilder von den beiden sehen zu dürfen, die er so lange mit sich herumgetragen hat. Er weiß ja noch nicht einmal, dass sie Christina und Eva heißen und bereits getauft wurden. Es wird ihm bestimmt gut tun und ihn beruhigen. Das beschleunigt dann sicherlich auch den Genesungsprozess bei ihm.«

Isolde war etwas erstaunt über die Einfühlsamkeit des Reporters und dessen Reaktion, ließ es sich aber nicht anmerken. Ebenfalls mit sanfter Stimme fragte sie ihn daher, ob sie denn jetzt zusammen den grünen Bereich suchen, damit wir dort endlich meinen Ehemann besuchen können. Wir müssen in den sogenannten grünen Bereich und dann sollten wir dort wohl dieses Zimmer zwei schon finden. Zurzeit befanden sie sich im vierten Stockwerk der Klinik, der nicht grün war. Sie mussten also irgendwie hinbekommen, diesen verflixten grünen Bereich zu erreichen.

»Wenn doch hier nur einmal irgendeine Person vorbeikommen würde, dann könnte ich zumindest fragen. Vielleicht laufen wir hier einfach mal rum und schauen nach einem Lift oder einer Person, die uns weiterhelfen kann«, schlug Isolde vor.

Also stiefelten sie los und fanden zuerst einen der Lifte und drückten den Knopf, damit er auf ihre Etage kam. Der Lift hielt auch und öffnete seine beiden Türen. Als sie offen waren, schreckten beide zusammen, denn es kamen ihnen zwei Roboter in Krankenschwesternuniform entgegen gerollt. Völlig verdutzt starrten sie die beiden an und sprangen dann zur Seite, damit sie nicht von denen überrollt werden würden. Sie schauten sich gegenseitig an und fragten sich gegenseitig, ob sie jetzt einer Halluzination zum Opfer gefallen seien, oder ob der jeweils andere auch dasselbe gesehen habe.

»Ja, das habe ich auch gesehen!«, riefen beide zeitgleich und lautstark durch den Flur. Isolde war darüber so aufgebracht, dass sie sehr lautstark undamenhaft fluchte und ihn fragte: »Gibt´s in diesem Land jetzt nur noch Maschinen, die arbeiten?«

Jochen Fritsch nickte automatisch und erwiderte, wie im Koma, »Ja, sieht so aus. Kein Wunder, dass es immer mehr Arbeitslose in diesem Land gibt. Die haben allerdings den asozialen Vorteil, dass sie nie streiken, nie krank sind oder etwa in Mutterschaftsurlaub müssten. Lieber nimmt unser Sozialstaat in Kauf, dass es dadurch immer mehr arbeitslose Menschen gibt.«

»Na ja, die könnte der Staat ja dann umschulen, um ihnen dadurch besser bezahlte, weil qualifiziertere, Jobs anbieten zu können« erwiderte Isolde leicht lächelnd und nachdenklich zugleich.

Fritsch brummte sich daraufhin, etwas nicht verstehbares, in seinen nicht vorhandenen Bart und streckte seinen rechten Arm aus, um stattdessen Isolde den Eintritt in den Lift anzubieten. er selbst hielt den rechten Fuß in die Lichtschranke des Lifts, damit die Tür sich nicht wieder schließen könne. Isolde studierte derweil die Auflistung der Stockwerke, die im Lift wirklich in unterschiedlich farbigen Schildern angezeigt wurden.

»Der grüne Bereich befindet sich in der vierten Etage«, frohlockte sie lautstark.

»Kommen Sie schnell rein!«, hörte Fritsch sie kommandieren und enterte mit seiner Ausrüstung den Fahrstuhl. Der Lift war schnell und nach ungefähr einer Minute stoppte er bereits wieder und öffnete seine Türen. Die beiden sahen, dass ihnen hellgrüne Farbe von den Wänden entgegen strahlte. Zügig verließen sie den Lift und blieben dann im Flur stehen, um sich zu orientieren. Sie entdeckten ein Hinweisschild mit der Aufschrift «Empfang», und Isolde rannte hin, um zu fragen, in welchem der Zimmer ihr Mann denn jetzt liegen würde.

Mit der Auflage der Schwester, sich bitte leise zu verhalten, erhielt sie die Zimmernummer und ein Handzeichen, in welcher Richtung dies Zimmer lag. Isolde gab die Richtung per Handzeichen an Fritsch weiter und beide flitzten los und betraten gemeinsam und ganz vorsichtig das Krankenzimmer ihres Mannes, der bereits auf sie wartete.

»Endlich bist du da«, empfing ihr Mann sie mit leicht vorwurfsvoller Stimme und streckte eine Hand nach ihr aus. »Wen bringst Du denn hier mit?«, fragte er sie leicht vorwurfsvoll.«

»Ich bringe dir den Mann mit, der soeben deine Zwillinge Christina und Eva fotografiert hat, damit du sie sehen kannst. Sie liegen zur Zeit noch im Brutkasten, weil sie etwas zu wenig Gewicht haben, aber sie werden nonstop überwacht und auf der Frühchenstation gut betüddelt und aufgepäppelt.«

»Was, wir haben Zwillinge? Ach Du armes Vaterland, das wird ja eine mörderische Arbeit werden, die da auf dich zukommt.«

»Wieso auf mich?«, erwiderte Isolde.

»Du hast doch Mutterschutz mit allem »Pipapo« und ich werde von nun das Geld verdienen, damit unsere Familie auch überleben kann«, ergänzte sie schnell ihren letzten Satz. »Ich habe schließlich ein Studium abgeschlossen und einen Beruf, der uns ohne Schwierigkeiten ernähren kann. Du kannst dich damit ganz in aller

Ruhe deinen Kindern und dem bisschen Haushalt widmen« ergänzte sie ihre Erklärung.

»Dieser Mann hier heißt übrigens Jochen Fritsch und hat sich auf meine Bitte hin, die Zeit genommen die Zwillinge für dich hier zu fotografieren, denn du darfst ja noch nicht zu ihnen. Möchtest du diese Bilder denn jetzt vielleicht doch sehen?«, und schwindelte ihn damit natürlich auch ein kleines bisschen an. Ihr Mann nickte schwach und Fritsch hielt ihm das Display seiner Kamera vor die Nase, damit dieser seine Babys wirklich auch ganz genau sehen konnte. Ein leicht schielendes Lächeln von Isoldes Mann Thomas, zeigte an, dass er mochte, was er sah und darauf auch stolz wie «Bolle« war.

Jochen Fritsch nutzte diesen Moment, um ohne Blitz, ein paar Fotos vom glücklichen Vater für die Reportage in der örtlichen Zeitung zu ergattern. Diese würde er dann, zusammen mit dem unterschriebenen Vertrag von Frau Isolde Buttermann, sofort in der Redaktion vorbeibringen, damit sie noch in die Abendausgabe kamen. Danach könnte er sich dann in Ruhe seinem eigenen Privatleben widmen, das heute ja noch einige Anforderungen und Aufgaben an ihn stellte.

Er wollte ja mit seiner Verlobten Pia zuerst ins Konzert gehen und mit ihr danach - als Überraschung - noch zu Sabine Wagner fahren, um das Haus zu besichtigen, dessen untere Etage er dann gern mit ihr zusammen würde anmieten wollen.

Er beendete nun kurz entschlossen seine privaten Gedanken und verabschiedete sich von Isolde und Thomas Buttermann, lief zurück in Richtung Fahrstuhl und drückte dort auf »Ausgang«, um die Klinik zu verlassen, denn hier hatte er jetzt alles erledigt, was zu erledigen war. unten angekommen, verließ er die Klinik, steckte sich eine Zigarette an und ging mit zügigen Schritten zu seinem Wagen. Er verfrachtete seine Fotoausrüstung vorsichtig auf dem Rücksitz, setzte sich hinein und fuhr auf dem kürzesten Weg in Richtung seiner Zeitungsredaktion. Unterwegs kommentierte er seinen Fototermin noch in einer Sprachnachricht über WhatsApp an seinen Chef. Der würde das dann alles noch in der heutigen Ausgabe der Zeitung mit aufnehmen können. Dessen eventuelle weitere Fragen würde er dann ja vor Ort mit ihm direkt erörtern können. Pfeifend setzte er seinen Weg zur Redaktion fort und war dann auch ziemlich schnell vor Ort, wo er samt des Fotoapparates, direkt aus der Tiefgarage in die Etage der Redaktion fahren konnte, um seine Arbeit abzuliefern, was er dann auch etwas kurz angebunden tat.

Da sein Chef ja bereits wusste, was er heute Abend betreffs seiner Verlobten, vorhatte, nahm dieser ihm auch sofort alles ab und grinste ihm nur wohlwollend und gleichzeitig aufmunternd zu. Dann zeigte er ihm zwei erhobene Fäuste mit gedrückten Daumen, um seinen Reporter aufzumuntern. Fritsch nahm die Ermutigung mit einem dankbaren Grinsen zur Kenntnis und verabschiedete sich mit einem »Wird schon schiefgehen, Chef« und stiefelte eilig wieder zur Tür hinaus, um nachhause zu fahren. Dort angekommen, sprang er aus seinen Klamotten und dann sofort unter seine Dusche, wo er sich erst warm den Tagesschweiß abwusch und sich danach mit kaltem Wasser erfrischte. Dann ließ er sich aufs Sofa fallen und ruhte sich für eine halbe Stunde aus, um für den restlichen Tag und seine heutigen weiteren Vorhaben fit zu sein.

Im Gefrierfach seines Kühlschranks fand er noch ein kleines Eis, dass er sich dabei noch genüsslich zu Gemüte führte. Dann erhob er sich fröhlich pfeifend und schlenderte zu seinem Kleiderschrank, um sich für den heutigen Abend passende Kleidung herauszusuchen. Er entschied sich für den hellgrauen Sommersmoking mit dunkelblauen Revers und hängte diesen, zusammen mit einem weißen und schlichten Smoking Hemd und einem farblich dazu passenden dunkelblauen Schlips schon mal außen an seinen Kleiderschrank. Die ebenso dazu passenden dunkelblauen Schuhe und Socken holte er aus dem Schuhschrank im Flur und stellte sie ordentlich dazu. Nun hatte er alles vorbereitet und ging ins Badezimmer, um sich eine erfrischende Dusche zu gönnen. Auf dem Weg dahin, fiel ihm ein, dass er sich ja vorher schon mal einen grünen Tee aufsetzen könnte, um den nach der Dusche trinken zu können. Er drehte sich also um und ging in die Küche, wo er den Wasserkocher anstellte, das Teeglas mit dem darin befindlichen Glasfilter aus dem Regal herunterholte und es auf der Arbeitsplatte abstellte. Dann tat er den losen grünen Tee in den Glasfilter und goss ihn mit kochendem Wasser auf. Während er dann doch darauf wartete, dass die erforderliche Ziehzeit von drei bis vier Minuten verging, fiel ihm ein, weshalb er das täglich tat. Sein Arzt hatte ihm nämlich erklärt, dass eine Tasse täglich zehn einzelne vorbeugende Eigenschaften hatte. Er war unter anderem gut fürs Gehirn, die Herzgesundheit, die Haut, das Immunsystem, die Blutzuckerregulierung und verhinderte das Risiko von Osteoporose und Arthritis und mehr. In fast ganz Asien war dies uraltes Wissen, was heute durch die moderne Wissenschaft auch in genauen Werten nachgewiesen werden konnte, bekannt und wurde angewendet, indem sie nämlich diesen Tee statt Kaffee tranken. Da der Tee nun fertig war, nahm er das Teeglas mit, um ihn jetzt doch noch vor seinem Duschgang in genüsslichen, kleinen Schlucken auf dem jetzt bereits schattigen Balkon seiner Wohnung zu trinken. In seinem Kopf meldete sich die Frage, wie er, denn am besten und am korrektesten einen Heiratsantrag machen könnte. Also wie, wo und in welcher Situation? Als Reporter der hiesigen Tageszeitung könnte er das sicherlich sogar auf der offenen Bühne machen, aber er ging davon aus, dass Pia das vielleicht als peinlich empfinden könnte. Er beschloss also, dass er mit ihr lieber in den sogenannten VIP-Bereich auf ein Glas Champagner zurückziehen würde, zu dem er als Reporter ja Zugang hatte. Dort wäre die Atmosphäre sicherlich besser geeignet. Vielleicht könnte er es aber auch draußen machen, sobald das Feuerwerk, als Abschluss des Konzertes gestartet wurde. Die zwei weißgoldenen Ehe-Ringe, in einem kleinen Kästchen, hatte er bereits in der Weste seines Anzugs versenkt, damit er nicht vergaß diese mitzunehmen. »Ach was, ich lasse das einfach auf mich zukommen und werde es, in einer sich ergebenden und gut passenden Situation, machen« dachte er laut vor sich hin, um dann des Rest seines Tees auf einen Rutsch auszutrinken. Da es noch ein paar Stunden Zeit war, bis zu ihrem Treffen, entschied er sich dazu, sich für eine Stunde aufs Ohr zu legen, um sich von diesem bisherigen Tag, der ihn von Ort zu Ort gehetzt hatte, und an dem er bereits ziemlich viel erledigt und erreicht hatte, zu erholen. Für diesen Abend wollte er auf jeden Fall fit und aktionsfähig sein und legte sich darum auf sein Bett. In seinem Schlaf ereilte ihn dann ein Traum. Er sah sich selbst, hinten im Garten des Hauses von Sabine Wagner, wo er sich unter einem, der vielen Apfel- und Birnbäume, in einer stoffüberdachten Hollywoodschaukel befand und sich im Schatten des Daches dieser Schaukel dort ausruhte. Er hörte dort fröhliches Kinderlachen und sah dann plötzlich zwei kleine Kinder, einen Jungen und ein Mädchen, die beide zusammen ein Kinderlied sangen. Es klang wie «Alle meine Entchen», und er musste in seinem Traum automatisch lächeln. Dann hörte er - immer noch in seinem Träumen - zwei andere Kleinkinderstimmen, die ein sehr ähnlich klingendes Lied sangen, das jedoch den höchst merkwürdigen Text

»Papa ist unsere allerliebste Mama«, beinhaltete.

Jochen Fritsch wurde daraufhin schlagartig wach und rieb sich dann, mit beiden Fäusten, sofort den Schlaf aus den Augen.

»Wasser und einen ordentlichen Kaffee, brauche ich jetzt sofort, und auch eine Zigarette, damit ich wieder klar denken kann« schimpfte er laut mit sich selbst und fügte hinzu »ich werde hier sonst noch irgendwie bekloppt« und begab sich in die Küche, um sich einen großen Kaffee mit seiner sündhaft teuren Kaffeemaschine zuzubereiten. Als dieser fertig war, klatschte er noch einen kleinen Berg Sprühsahne aus der Dose darauf, sowie etwas echtes Schokoladenpulver. Das tat er sonst selten und es wurde ihm klar, dass in seinem Unterbewusstsein wohl grad irgendwie «die Post abgegangen sein musste». Er nahm seine Tasse und setzte sich mit dem Kaffee und seinen Zigaretten auf seinen kleinen Balkon und beobachtete von dort aus, sozusagen ganz inkognito, das Treiben auf der unter ihm liegenden, recht belebten Straße. In der Kaffeerösterei gegenüber, in der man in deren rückwärtigem Garten auch an kleinen Gartentischen ohne jegliche Geräusche von der Straße aus, in aller Ruhe einen Kaffee trinken konnte, sah er die Menschen ein- und ausgehen, die sich frisch gemahlene Kaffeesorten und auch exquisite, dort selbst hergestellte Süßigkeiten herausholten. Manche von den Käufern öffneten bereits beim Herauskommen ihre grad eingekauften Tütchen, um sich sofort genüsslich ein oder zwei von den kleinen Köstlichkeiten in den Mund zu schieben. Dann konnte er genau beobachten, dass sie diese, sehr genussvoll und langsam im Mund zergehen ließen. Er kannte dieses Gefühl beziehungsweise diesen Genusseffekt sehr genau, denn er holte sich ab und zu auch mal etwas aus diesem natürlich auch sehr hochpreisigen Geschäft.

»Ja, das ist es!«, entfuhr es ihm automatisch. Ich werde für heute Abend einige von diesen leckeren Süßigkeiten kaufen und in einer, der hübschen Verpackungsschachteln, mit zu dem Theatertermin mit Pia mitnehmen. Er wusste, dass sie so etwas auch liebte, obwohl es natürlich auf die Hüften ging, aber da sah sie trotzdem manchmal auch darüber weg, weil diese kleinen Leckereien einfach zu verführerisch dufteten und schmeckten.

Er zog sich zügig eine Jogginghose und ein T-Shirt über, nahm sein Portemonnaie und lief die Treppen runter, um zu dem kleinen Laden zu gehen. Er stürmte aus der Haustür direkt über die Straße und erntete dabei einige ärgerliche Huptöne, der dort fahrenden Autos, da er nicht auf den vorbeifahrenden Verkehr geachtet hatte und einer der Wagen, mit quietschenden Reifen, abrupt eine Notbremsung hinlegen musste.

Jochen entschuldigte sich sofort mit entsprechenden Handbewegungen und einem schuldbewussten Ge-sichtsausdruck bei dem betroffenen Fahrer. Gottseidank war niemand aufgefahren, sodass es kein polizeiliches Nachspiel gab. Er grinste unsichtbar in sich hinein, denn er stellte sich automatisch vor, dass er dann jetzt, als Reporter, sich selbst hätte fotografieren und in der Re-daktion bzw. der Zeitung über diesen Vorfall hätte be-richten müssen. Das gäbe bei den Lesern totsicher gar kein gutes Bild ab, für seine Zeitungsredaktion und seinen eigenen Chef! Jochen schickte sofort ein Stoß-gebet zum himmlischen Chef, in dem er sich entschul-digte und sich gleichzeitig bedankte.

Vor lauter Aufregung hatte er komplett vergessen, wann der Theatertermin mit Pia heute Abend sein sollte.

»Mist, Schwachkopf, Träumer«, schimpfte er lautlos mit sich selbst herum. Dann hatte er eine gute Idee. Er rief also seine Verlobte Pia an. Es dauerte etwas, bis sie das Gespräch, mit den Worten:

»Hallo Schatz, was gibt es Eiliges?« annahm.

»Hallo Pia, mein Schatz, wann genau kann, bezie-hungsweise, soll ich dich denn heute Abend abholen?«

»Jochen, am besten um circa Achtzehnuhrdreißig, dann können wir vorher noch in aller Ruhe eine Kleinigkeit zusammen essen gehen und auch noch ein bisschen miteinander klönen. Bis dahin werde ich auch meine heutigen Entwürfe erledigt haben.«

»Ok, dann bis um halbsieben, Pia. Ich werde dich dann einfach anklingeln, sobald ich mit dem Auto unten vor deinem Haus stehe. Dann kommst du bitte einfach runter, denn ich bekomme wahrscheinlich wieder keinen Parkplatz und muss dann in der zweiten Reihe anhalten und drin sitzen bleiben. Ansonsten besteht die Gefahr, dass mein Auto abgeschleppt wird. Die Polizei scheint zurzeit nämlich Erfolgsprämien zu bekommen, denn die Jungs sind extrem schnell dabei abzuschleppen! Also bis nachher, mein Schatz, ich freue mich schon sehr auf unseren heutigen gemeinsamen Abend!«

***

15

Nun war Jochen zeitmäßig im Bilde und konnte sich seinen Zeitplan erstellen. Er ging davon aus, dass das Theaterstück um circa zwanzig Uhr losgehen musste, und schaute im Internet nach, wo heute um diese Zeit ein Theaterstück in der Stadt gegeben wurde. Glücklicherweise gab es nur ein Theater in dieser Stadt, wo um zwanzig Uhr eine Vorstellung begann. Dieses Stück endete um zweiundzwanzig Uhr. Er könnte dann also um circa Zweiundzwanziguhrdreißig mit Pia bei Sabine Wagner ankommen, um diese schöne, große Wohnung im Erdgeschoss zu besichtigen und die Chemie zwischen Pia und Sabine auszutesten. Er war sehr gespannt darauf, wie Pia reagieren würde.

Pia dagegen fragte sich fast zeitgleich, wie sie denn heute Abend am besten vorgehen sollte, um Jochen so schonend, wie möglich beizubringen, dass sie niemals Kinder würde bekommen können. Sie war sich ziemlich sicher, dass Jochen gerne Kinder haben würde. Sie hatte bei Spaziergängen im Park oft bemerkt, dass er mit fast sehnsüchtigen Augen immer automatisch kleine Kinder, die im Park spielten, beobachtete und seine Augen leuchteten stets dabei auf. Die einzige Idee, die ihr zwischenzeitlich dazu eingefallen war, wäre für sie so eine

Adoption eines Kleinkindes oder besser sogar noch die, eines Babys, dessen Mutter bei der Geburt verstorben war. Nachdem sie dies wusste, hatte sie Internet nachgeforscht. wie das in Deutschland denn offiziell gehen würde. Sie fand die offizielle Richtlinie für Paare, die in Deutschland ein Kind adoptieren wollen. Da standen aktuell folgende amtliche Voraussetzungen drin:

»Sie müssen zunächst eine Vermittlungsstelle – das Jugendamt am Wohnort der Bewerber oder einen anerkannten freien Träger wie Caritas, Diakonie oder Sozialdienst katholischer Frauen – kontaktieren und ein Eignungsverfahren absolvieren. Die Zuständigen überprüfen genau, wer als Adoptiveltern in Frage kommt. So müssen die Partner mindestens fünfundzwanzig beziehungsweise einundzwanzig Jahre alt sein. Sie sollten mindestens zwei Jahre verheiratet sein. Zwischen dem Kind und den Eltern sollten zudem nicht mehr als vierzig Jahre Altersunterschied liegen. Sind die Eltern älter als vierzig Jahre, schwinden die Chancen, ein Kind vermittelt zu bekommen, doch eine gesetzlich festgelegte Altersgrenze nach oben gibt es nicht. Daneben sind natürlich auch zahlreiche Dokumente erforderlich, wie Gesundheitszeugnis, Einkommensnachweis, polizeiliches Führungszeugnis und Geburts- und Heiratsurkunde und ausführliche Lebensläufe. Während das Eignungsverfahren für Inlandsadoptionen kostenlos ist, werden für ein Kind aus dem Ausland je nach Bundesland bis zu tausendzweihundert Euro veranschlagt.«

Es schien also nicht unmöglich, aber sie vermutete, dass es wohl ziemlich lange dauern könnte, bis man an der Reihe wäre. Noch dazu würde man sicherlich auch keine Informationen über die Erzeuger dieser Kinder bekommen, sodass man wahrscheinlich auch nichts über deren soziale und bildungsmäßige Fähigkeiten erfahren bzw. diese einschätzen könnte. Ein Kind aus dem Ausland zu adoptieren, hielt sie persönlich für nicht besonders schlau, da man die kulturellen, sozialen und gesundheitlichen Fähigkeiten dann kaum würde überprüfen, bzw. einschätzen können. Vielleicht fehlten ihr aber auch noch die nötigen Hintergrundinformationen darüber, gestand sie sich ein. Also waren diese Wege anscheinend alle sehr schwierig zu gehen.

Die persönlichen, sozialen und finanziellen Bedingungen, würden sie ja problemlos erfüllen können, aber der Rest wäre wohl schwierig. Sie entschied sich also kurzerhand dazu, mit Jochen ganz offen und direkt darüber zu sprechen, und zwar so schnell wie möglich. Dafür könnte vielleicht der heutige Abend ganz gut geeignet sein und sie beschloss dies Thema heute auf der Rückfahrt nach dem Theater im Auto, anzusprechen.

Vielleicht würde ja Jochen in seiner Funktion als Reporter etwas mehr in Erfahrung bringen können. So schob sie diese Überlegungen erst einmal ganz weg und konzentrierte sich darauf, sich für ihn besonders hübsch zu machen. Der neu gekaufte dunkelblaue Hut würde sicherlich gut zu dem ebenfalls dunkelblauen, schimmernden, und schmal geschnittenen, engen langen Seidenkleid passen. Um die Schulter würde sie eine hochweiße Seidenstola drapieren, da sie dazu neigte, schnell zu frieren, sobald sie sich nicht bewegte. Ihre Seele schwankte zwischen Mut, Ängstlichkeit und einer leichten Depression hin und her. Dies fühlte sich an wie eine

Runde in einer dieser superriesigen neuen Berg- und Tal-Bahnen auf dem Rummel. Dieses Gefühl in ihrem Bauch fühlte sich zumindest genauso an.

Dann rief sie sich selbst energisch, mit einem innerlichen Ruck, zur Ordnung und verschob dieses Thema auf später. Sie vertraute Jochen doch absolut und würde ihm daher nachher einfach nur die nackten Fakten darüber erzählen, nicht mehr und nicht weniger.

Ihr Handy riss sie aus ihren Überlegungen und sie sah, dass es Jochen war. Also griff sie schnell danach, tat es in ihre Handtasche und verließ schnell ihre Wohnung, um in sein Auto dazu zusteigen. Ihr Kontrollblick nach hinten, bestätigte ihr, dass sie eine kleine Leuchte angelassen hatte, denn die Wohnungseinbrüche in der Stadt wurden immer häufiger. Bei erleuchteten Wohnungen, war laut der polizeilichen Empfehlungen, das Einstiegsrisiko geringer, da Diebe dann davon ausgingen, dass die Mieter zuhause wären.

Sie verließ das Haus und sah auch sofort Jochens Wagen direkt vor ihrer Haustür stehen. Sie raffte kurz ihr langes Kleid und stieg dann vorsichtig, durch die bereits geöffnete Beifahrertür, in seinen Wagen ein. Jochens lächelndes Gesicht begrüßte sie und er gab ihr ein vorsichtiges Begrüßungsküsschen auf ihre geschminkten Lippen.

»Herzlich willkommen, Prinzessin meines Herzens, mach es dir bequem!« Sie musste über seinen Spruch automatisch lächeln und erwiderte mit zärtlicher und zugleich hauchzart ironischer Stimme »Ja danke, mein eleganter »Prinz Charming«, ich folge dir, wohin auch immer du willst. Heute wollen wir aber zunächst einmal losfahren, um unsere royalen Hungergefühle zu stillen!« Dann konnten beide plötzlich nicht mehr an sich halten und brachen gleichzeitig in schallendes Gelächter aus.

»Contenance bitte, Prinzessin«, keuchte Jochen und musste sich die Lachtränen wegwischen, um die Straße vor sich, überhaupt noch halbwegs klar sehen zu können. »Ich habe doch keine Scheibenwischer an meinen höchst royalen Augen und kann daher gleich nur noch nach Gehör fahren, durchlaucht Prinzessin, das wäre mir aber doch zu risikoreich«, japste Jochen vor sich hin. Beide begannen also gleichzeitig damit, ganz tief und bewusst ganz langsam, durchzuatmen, um ihre Sehfähigkeit wieder herzustellen. Es klappte dann auch und sie beendeten damit ihr beinahe bühnenreifes Possenspiel.

Inzwischen hatten sie dann auch schon fast die Straße erreicht, in der sich das Theater befand und parkten den Wagen in einem großen Parkhaus. Von dort aus ließ sich ein schnuckeliges portugiesisches Lokal in ungefähr vier Minuten zu Fuß gut erreichen. Sie betraten das Restaurant und wurden von einem mittelalten Mann, in offensichtlich portugiesischer Tracht, freundlich begrüßt. Er bot ihnen auch sofort einen Tisch an, der etwas intimer in einer kleinen Nische hinter einem dickeren Holzbalken stand. Während sie beide Platz nahmen, holte er ihnen bereits die Speisekarten und überreichte dann jedem eine Karte direkt in die Hand. Während sie noch in den Speisekarten stöberten, kam er nochmals persönlich an ihren Tisch und servierte ihnen, mit den Worten: »Ein kleiner Aperitif für Sie, auf Kosten unseres Hauses«, und zog sich dann unauffällig zurück, um sie in Ruhe ihre Speisekarten studieren zu lassen. Beide begannen gleichzeitig damit, vorsichtig an diesem Aperitif zu nippen.

Er traf wirklich ihrer beider Geschmacksrichtungen und so genossen sie sehr bewusst diesen herzlichen Willkommensgruß des Hauses.

Diese Speisekarten jedoch überforderten sie beide völlig, weil beide keinerlei Vorstellung von den dort aufgeführten Essensspezialitäten hatten. Diese Begriffe, der portugiesischen Küche sagten ihnen beiden leider überhaupt nichts. So verständigten sie sich darauf, den Wirt heranzuwinken, um ihn zu befragen. Also schauten sich beide nach dem Wirt um und wedelten dabei unübersehbar mit ihren Speisekarten.

Bereits eine Minute später stand er wieder an ihrem Tisch, denn er wusste aus Erfahrung, dass die meisten Deutschen nicht viel über die Spezialitäten der portugiesischen Küche wussten. Freundlich lächelnd tauchte er leise wieder an ihrem Tisch auf und fragte: »Für welches Gericht haben Sie sich entschieden?«

»Wir haben beide noch nie portugiesisch gegessen und würden uns darum gern etwas von Ihnen empfehlen lassen«, erwiderte Pia und erklärte lächelnd, dass sie also schlicht überfordert seien und deshalb doch seine Hilfe benötigten. Der Wirt lächelte zurück und fragte sie, ob es etwas gäbe, was sie generell nicht mochten. Da sie beide dies verneinten, schlug er ihnen ein kleines Dreigänge-Menü nach Art des Hauses vor. Dazu empfahl er ihnen einen leichten, halbtrockenen Rosé`. Dem unbewussten Kopfnicken der beiden entnahm er, dass ihnen dieser Vorschlag zusagte. Leise lächelnd entschwand er. Ungefähr vier Minuten später, kam er wieder mit einem sogenannten »Amuse-Gueule,« also einem Gruß aus der Küche - der damit dann eigentlich die Vorspeise der Vorspeise darstellt - und stellte diese vor sie hin, während er ihnen dabei mitteilte, dass dies ein Gruß aus der Küche für sie sei, um die Wartezeit abzukürzen und zugleich, um schon mal den Magen zu öffnen und diesen auf die folgenden Gänge vorzubereiten.

Als er Wirt wieder entschwunden war, schauten sich Pia und Jochen etwas verdutzt an, fingen aber trotzdem schon einmal an, dieses »Amüs-Irgendwas«, vorsichtig zu verzehren.

Diese Winzigkeit auf ihren Tellern schmeckte ihnen widererwarten ausgesprochen gut und sie warteten nun wirklich gespannt auf die «echten« drei Gänge ihres Abendessens. Auch diese stellten sich als ausgesprochen vorzüglich beziehungsweise schmackhaft heraus, und sie speisten mit großem Genuss und fingen unterdessen an, sich über ihre heutigen, jeweiligen Tagesgeschehen auszutauschen. Jochen begann mit seinen Aktivitäten in und für seine Zeitung und erzählte ihr dann begeistert von seinem Kirschbaum-Rettungs-abenteuer von Sabine Wagner und seinem anschließenden Besuch in deren ziemlich großen Haus. Besonders stolz erklärte er ihr, dass Sabine eine unerschrockene und lebensfrohe sowie aufgeweckte vierundsechzigjährige Rentnerin sei, bei der er danach Kaffee getrunken habe und mit der er über ihr riesiges Zweifamilienhaus, auf zwei Ebenen gesprochen und dies auch besichtigt habe.

»Sabine bekommt nicht viel Rente und verdient sich mit diesen Kirschen etwas dazu, um zu überleben. Ich habe sie einfach mal gefragt, ob sie uns vielleicht die untere Etage vermieten würde, weil wir ja dann irgendwann mit ein oder zwei Kindern eine größere Wohnung brauchen würden. Wir hätten dann für unsere Kinder ein Paradies zum Aufwachsen und ich würde ihr bei der Gartenarbeit helfen können, die sie zur Zeit zwar noch selbst erledigen kann, die ihr aber sicherlich irgendwann körperlich zu viel werden wird. Sie wiederum ist dort mutterseelenallein, ohne ein Auto, ohne eine Anbindung an irgendetwas. Unter diesen Umständen würde sie uns die Wohnung bzw. Etage günstig vermieten. Dort gibt es dann auch ein Zimmer, das für dich und deine Arbeit ideal wäre. Die Lichtverhältnisse und die Geräuschverhältnisse wären in diesem Raum perfekt für Dich« beendete er seinen begeisterten Vortrag und musste ersteinmal tief Luft holen, weil er ohne Punkt und Komma gesprochen hatte.

Pia wiederum fühlte sich soeben etwas überfahren bzw. irgendwie überrollt. Um Zeit zu gewinnen und darüber ausführlich nachdenken zu können, was sie ihm jetzt am besten und wie am besten dazu mitzuteilen hatte, schob sie ihren Stuhl nach hinten und stand mit den Worten »uuh, ich gehe mal schnell für kleine Mädchen« auf, und verschwand mit schnellen Schritten in Richtung der Damentoiletten. Ihr war irgendwie nach Heulen zumute und wollte das aber natürlich nicht im Lokal und auch nicht Jochen zeigen. In der Damentoilette gab es überraschenderweise Fenster, die sich öffnen ließen, und so rauchte sie erst einmal genussvoll eine Zigarette, bevor sie die Toilettenräume wieder in Richtung des Lokals verließ. In dieser Rauchpause war ihr erst klar geworden, dass sie ja soeben einen indirekten Heiratsantrag von Jochen erhalten hatte und dass er sich sogar bereits vorsorglich um eine Wohnung und sogar um den für sie erforderlichen Arbeitsraum ausführlich Gedanken gemacht hatte. Er war für sie selbst wirklich der perfekte sowie der einzige Mann, mit dem sie leben wollte, und sie selbst empfand sich plötzlich als irgendwie undankbar und natürlich auch als feige.

Sie müsste ihm heute unbedingt erklären, dass sie keine Kinder würde bekommen können. Sie beschloss für sich, dass sie jetzt doch erst einmal manierlich und auf gar keinen Fall verheult, zu ihm zurückgehen würde, um dann mit ihm danach das Konzert zu genießen. Erst danach, auf der Rückfahrt von diesem Termin im Haus dieser Sabine, würde sie ihn dann mit dieser bitteren Tatsache konfrontieren. Das wäre zwar nicht ganz fair, aber sie wollte ihm und sich nicht jetzt schon diesen gemeinsamen Abend verderben.

Als Pia dann an ihren Tisch zurückkam, bemerkte Jochen sofort, dass irgendetwas mit ihr nicht in Ordnung war, aber er ließ sich zunächst nichts anmerken. Er war sich sicher, dass sie ihm das schon erzählen würde, sobald sie dazu in der Lage wäre.

Er hatte in der Zwischenzeit schon mal die Rechnung bezahlt, stand auf und hakte sie sanft unter.

»Komm, lass uns gehen und jetzt unser Konzert genießen, Prinzessin!«

Pia musste unwillkürlich lächeln und es ging ihr sofort besser. »Ja, mein Prinz, ich folge dir in diese Nacht«

erwiderte sie in einem ebenfalls scherzenden Tonfall. Untergehakt verließen beide das Restaurant und machten sich auf den Fußweg zum Konzert. Sie waren recht schnell dort und fanden dort sogar ohne fremde Hilfe ihre reservierten Plätze.

Als sie durch die Reihen zu ihren reservierten Plätzen gingen, merkten sie, dass sie von einigen Blicken anderer Zuschauer beobachtet wurden. Anscheinend gaben sie wohl zusammen ein hübsches Paar ab. Der fantastische Hut, der so gut zu Pias Kleid passte, und sein eigener, ebenfalls gut zu ihrem Kleid dazu passende dunkelblaue Smoking-Anzug, erregten anscheinend etwas Aufsehen oder vielleicht sogar einfach nur etwas Bewunderung. Er ließ sich nicht davon irritieren und achtete darauf, dass Pia mit ihrem Kleid nirgendwo hängenblieb. Dann erreichten sie wirklich ihre Plätze, setzten sich und warteten auf den Beginn dieses Konzerts. Ungefähr fünfzehn Minuten später, ging es dann wirklich los und Pia und er genossen einfach diese wundervolle Musik und vergaßen dabei fast alles andere.

Nach ungefähr gut eineinhalb Stunden wundervoller Musik endete das Konzert mit der Verbeugung des Dirigenten. Das Publikum klatschte und forderte in einer Art begeisterten Klatschkonzerts eine Zugabe.

Der erfahrene Dirigent kannte das bereits und war darauf vorbereitet. Er schaute auf seine Musiker, gab ein Zeichen und dann folgte eine zwanzigminütige Zugabe mit einem kleinen Stück von Smetana. Danach erhoben sich die Musiker und verließen die Bühne. Die Zuschauer beziehungsweise Zuhörer fingen ebenfalls an aufzustehen und versuchten schnellstmöglich den Ausgang zu erreichen. Pia und Jochen verhielten sich etwas schlauer und nutzten seinen Presseausweis, um kurzerhand über den Musikerausgang hinauszukommen. So schafften sie es inner-halb von zehn Minuten wieder auf der Straße zu sein.

Der Weg zum Wagen war ja nicht sehr weit und so saßen sie bereits weitere sechs Minuten später in Jochens Wagen, wo sie beide zunächst ein Wasser tranken. Danach machten sie sich auf den Weg zu dem Besuch und der Hausbesichtigung bei Sabine Wagner. Es war ein kurzer Weg und man konnte sich eigentlich nicht verfahren. So gab Jochen ordentlich Gas und ungefähr fünfzehn Minuten später kamen sie bereits dort an. »Ich werde mal kurz klingeln, dann geht wahrscheinlich die Außenbeleuchtung an und danach helfe ich dir aus dem Wagen«, und wollte aus dem Auto aussteigen.

Im gleichen Moment sprang schon die Außenbeleuchtung des Hauses automatisch an. Pia und er stiegen aus und gingen auf das Haus zu. Bevor sie noch die Haustür erreichten, öffnete sich bereits die Haustür und die blonden Haare von Sabine Wagner leuchteten unter der Außenbeleuchtung auf. Sie streckte ihnen einladend die Hand entgegen und begrüßte sie herzlich mit den Worten: «Kommt rein und bringt Glück herein«, was auch auf einem Schild über ihrer Haustür stand. Jochen und Pia traten in den Flur ein und Jochen schloss mehr oder minder automatisch die Haustür von innen. Er fühlte sich hier sofort irgendwie bereits zuhause. Sabine nahm die beiden zunächst mit in die geräumige Küche und bot ihnen dort einen Platz auf einer hell-blau-weiß gepolsterten Kücheneckbank an, doch Pia wollte möglichst schnell alle Räume besichtigen. Genug Platz für zwei Kinderzimmer, ein Büro für sie mit Tageslicht und eines für Jochen waren vorhanden. Genauso wie die Schlafzimmer mit Blick in den großen Garten und die angrenzende Wildwiese.

Ein Gästezimmer gab es ebenfalls, also war es wirklich eine perfekte Etage für eine Familie, die auch in sich abgeschlossen war. Es gab daran überhaupt nichts zu meckern oder zu beanstanden. Wirklich eine bezahlbare Haus Etage mit allem, was sie als eine Familie benötigen beziehungsweise sich wünschen würde.

Sie erkannte, dass sie jetzt in der Falle saß und Jochen nun die schreckliche Wahrheit darüber, dass sie niemals Kinder würde bekommen können, offenbaren musste.

Jochen bemerkte, dass sie sehr angestrengt wirkte, und wendete sich schnell zu Sabine um.

»Sabine, jetzt haben wir, glaube ich, erst einmal alles gesehen, was man im Dunkeln sehen kann. Ich bin ziemlich erschöpft nach diesem Mamut-Tag, log er.

»Lass uns bitte morgen Vormittag telefonieren, dann sind Pia und ich wieder fit. Ich werde dich um Punkt zehn Uhr früh anrufen, dann werden Pia und ich alles gemeinsam besprochen haben und wir können dann Nägel mit Köpfen machen.«

Sabine nickte verständnisvoll und verabschiedete die beiden sehr herzlich und wünschte ihnen eine gute Rückfahrt. Jochen hakte Pia unter und ging mit ihr vorsichtig zu seinem Auto. Als sie einstiegen, steckten sich beide eine Zigarette an und Jochen fuhr dann langsam los. Pia wurde glasklar, dass sie jetzt sofort mit der Wahrheit würde rausrücken müssen. Dieser Gedanke allein löste einen Schwall von Tränen bei ihr aus, den sie nicht in den in den Griff bekommen konnte. Jochen bekam dies natürlich mit und verlangsamte die Geschwindigkeit seines Wagens und hielt dann an einer Stelle, wo er vom Gegenverkehr gut bemerkt werden konnte.

»Pia, mein Schatz, sag mir, doch was dich so bedrückt!« Pia schniefte in sein Taschentuch und gestand ihm, dass ihr der Frauenarzt mitgeteilt habe, dass sie niemals Kinder würde austragen können.

Mittlerweile liefen ihr nonstop die Tränen herunter und sie war am Ende ihrer Kräfte und Nerven. Jochen war daraufhin völlig erleichtert, dass es nichts Schlimmeres war, und schloss sie dabei fest in seine Arme.

Dann trocknete er ihre Tränen mit einem Taschentuch ab und antwortete tröstend: »Mach dir darüber bitte mal gar keine Sorgen. Wenn du keine Kinder bekommen kannst, dann mache ich das eben für dich.«

Pia schaute ihn sofort ganz genau an und fragte ihn, ob er heimlich zu viel Whisky getrunken habe.

»Nein, ich habe heute im Krankenhaus Fotos von den frisch geborenen Zwillingen gemacht, die bereits heute in der Abendausgabe unsere Zeitung veröffentlicht wurden. Diese Zwillinge wurden von dem Ehemann einer Frau aus unserer Stadt ausgetragen und per Kaiserschnitt geholt. Sie sind zwar ein bisschen klein, da es eben Zwillinge sind, aber es geht ihnen prima. Wenn dieser Mann das konnte, dann werde auch ich das ganz sicher hinbekommen!«

Pia´s Mund verzog sich in diesem Moment vom heulenden Elend zu einem erleichterten und überglücklichen breiten Lächeln. Mit strahlenden Augen antwortete sie tapfer und mutig zugleich:

»Ok mein Schatz, dann lass es uns zusammen versuchen!«

***

Neues von der Autorin
Papa ist meine liebste Mama (Roman)

© 2019
Heike Piesker-Limberg

Die 1. Auflage wird im Oktober 2019 erscheinen
ISBN   978-3-0000-0000-0
Taschenbuch (ca. 250 Seiten)
(D) 9,90 Euro

Der Reporter Jochen Fritsch, hatte soeben seine Story, vom Mann der Kinder bekommen hat, im Kasten, als er von seiner zukünftigen Ehefrau Pia erfuhr, dass sie niemals Kinder bekommen könne.

Adoptieren wollten beide nicht, bei Edeka gab es auch keine, also entschloss sich Jochen, das »ER« ihre gemeinsamen Kinder austragen wird.

Jochen machte sich sofort auf den Weg zu Edeka:

»Stopp«, rief er, »ich will doch zum Krankenhaus, um Thomas Buttermann zu interviewen, der ja bereits Zwillinge geboren hat.«

Ich bin schon richtig durcheinander, dachte er und drehte mitten auf der Kreuzung um.

Im Krankenhaus konsultierte er sofort den Arzt, der Thomas Buttermann beraten hat, der ihm dann erklärte, wie in seinem Körper auch ein Kind heranwachsen könnte.

»Bloß keine Zwillinge Herr Doktor, sonst hau ich ab!«

»Oder doch?«, fragte er sich.

»Oder?« …

»Oder doch lieber gar keine Kinder?« …

***